U0561036

疾风中的虹霓

——中墨少数民族女诗人诗歌互译集

吉狄马加
石一宁 主编

GUANGXI NORMAL UNIVERSITY PRESS
广西师范大学出版社
·桂林·

疾风中的虹霓：中墨少数民族女诗人诗歌互译集
JIFENG ZHONG DE HONGNI:
ZHONG MO SHAOSHU MINZU NÜSHIREN SHIGE HUYIJI

出版统筹：多　马
策　　划：多　马
责任编辑：吴义红
产品经理：多　加
书籍设计：鲁明静
篆　　刻：张　军
　　　　　张泽南
责任技编：伍先林

图书在版编目（CIP）数据

疾风中的虹霓：中墨少数民族女诗人诗歌互译集 / 吉狄马加，石一宁主编. --桂林：广西师范大学出版社，2023.3
ISBN 978-7-5598-5816-0

Ⅰ. ①疾… Ⅱ. ①吉… ②石… Ⅲ. ①诗集－中国－当代②诗集－墨西哥－现代 Ⅳ. ①I227②I731.25

中国国家版本馆 CIP 数据核字（2023）第 018544 号

广西师范大学出版社出版发行
广西桂林市五里店路 9 号　邮政编码：541004
网址：http://www.bbtpress.com
出版人：黄轩庄
全国新华书店经销
天津图文方嘉印刷有限公司印刷
天津宝坻经济开发区宝中道 30 号　邮政编码：301800
开本：880 mm × 1 230 mm　1/32
印张：15.625　字数：170 千
2023 年 3 月第 1 版　2023 年 3 月第 1 次印刷
印数：0 001~5 000 册　定价：59.80 元

序一

透明的隐喻：女人、母亲以及大地的胎盘

吉狄马加

在这个世界上每一天都有大量的书籍出版，除了那些早已被经典化了的作品在不断再版之外，当然还有很多新的作品被编辑出版。在这浩如烟海用不同文字印制的出版物中，总会有一些书籍能让我们在阅读中感受到其独特的价值，也正是因为这种不可被替代的价值让我们对这些书的写作者充满了热爱和敬意。或许这些书籍并非是在大众中最受时尚青睐的流行读物，但它却会让真正喜欢它的人产生情不自禁的心灵的共鸣。

在这里我要告诉大家的是，这本《中墨少数民族女诗人诗歌互译集》，正是这样一本你阅读后会油生感动的好书。我做出这样一个评价，当然是认真而极为严肃的，因为这本书所发出的声音也许并不宏大，但它却是从古老的大地和人类生命母性的摇篮里发出来的。这些声音代表了这个地球上被认为是少数族裔女性对他者的最为真实的表达，我以为这并不完全仅仅是女性的一种

权利，更重要的是这些作品让我们从不同的角度能更深切地感受到，作为女人、母亲和精神的创造者所带给我们的最深情而又不同凡响的倾诉。我以为这个世界上总有一些东西是需要女性来创造的。对此并没有什么特殊的缘由和奥妙，那完全是因为在现实和精神两个层面，有些东西是男性世界永远无法具有也不可能去实现的。我们现在看到的这本书就是一个最好的证明，我相信任何一个敏感的读者读完此书后都会得出这样的结论。

这是一本诗选，收录了中国和墨西哥 14 位少数民族女诗人的作品。在全球化以及消费主义盛行的今天，这些诗人大多生活在一些边缘地带，但她们却用诗歌的形式把自己心灵的故事告诉了我们。诚然诗歌从过去到现在都是极为个人化的一种精神产物，但不可否认的是她们的歌吟却能打动千千万万的人，甚至跨越了千山万水被翻译成不同的语言，最令人欣喜的是她们中的许多作品都是用本民族的语言书写的。这些作品以它们真挚、深情、勇敢而富有牺牲精神的品质直抵我们的心灵，对我们而言阅读这样的诗歌不仅仅是享受，它还是对我们所有人的灵魂和精神的净化。现在这样的诗歌已经太少了，也正因为这个原因我才积极地促成并推动该书的翻译和出版，我相信我们所做的这一切都是有价值的，并非是劳而无功的，是为序。

2021 年 5 月 26 日于北京

［作者简介：吉狄马加，中国当代最具代表性的诗人之一，其诗歌已被翻译成近四十种文字，在世界几十个国家出版了近百种版本的翻译诗文集。曾任中国作家协会副主席、书记处书记。现任中国作家协会诗歌委员会主任。

曾获中国第三届新诗（诗集）奖、南非姆基瓦人道主义奖、欧洲诗歌与艺术荷马奖、布加勒斯特城市诗歌奖、波兰雅尼茨基文学奖、英国剑桥大学国王学院银柳叶诗歌终身成就奖、波兰塔德乌什·米钦斯基表现主义凤凰奖、齐格蒙特·克拉辛斯基奖章、瓜亚基尔国际诗歌奖、委内瑞拉“弗朗西斯科·米兰达”一级勋章等。］

METÁFORA DIÁFANA: MUJER, MADRE Y PLACENTA DE LA TIERRA

Todos los días se publica una gran cantidad de libros en el mundo. No sólo las obras canónicas se reproducen de manera constante; también hay muchos títulos nuevos que se editan a diario. Además de los clásicos, siempre habrá otros libros que, en el transcurso de la lectura, nos hagan apreciar su valor especial, y es justamente por este valor irremplazable que respetamos y amamos a sus autores. Aunque es posible que estas publicaciones no sean parte del catálogo más popular entre el gran público, logran conectar irresistiblemente con aquellas personas a quienes las estremecen de verdad.

Lo que quiero expresar ante ustedes es que se conmoverán al leer esta reunión multilingüe de poemas de autoras chinas y mexicanas de comunidades étnicas y pueblos indígenas. Hago este comentario sin la menor duda, con mi mayor circunspección y sinceridad. Quizá las voces que resuenan entre estas palabras no puedan hacerse escuchar por las multitudes, pero emanan de aquella tierra inmemorial, de la cuna materna de la vida humana, y representan las expresiones más fieles hacia los demás, de las mujeres que pertenecen a las comunidades étnicas y los pueblos indígenas. A mi parecer, lo más trascendente radica en que sus versos nos trasladan mar adentro para conocer, desde diferentes perspectivas, sus sentimientos más sinceros y únicos como mujeres y creadoras del espíritu. Creo que siempre hay aconteceres que muestran distintas caras cuando sus creadoras son mujeres. No hay una razón especial para ello; es simplemente porque en el plano de la realidad y en el espiritual hay aspectos vedados para los hombres. Estas obras son una muestra de aquello que abre su significado cuando son ellas quienes lo abordan. Estoy convencido de que cualquier lector sensible podrá llegar a la misma conclusión después de leerlas.

Ésta es una reunión de textos de 14 poetas en lenguas originarias de México y de algunos de los grupos étnicos de China. Hoy en día, bajo el contexto de la ascendente popularidad de la globalización y el consumismo, la producción poética vive al margen de la sociedad; sin embargo, estas autoras nos cuentan la historia del alma a través de su poesía. Aunque la poesía ha sido una creación muy personal desde tiempos ancestrales hasta el día de hoy, no cabe duda de que sus cantos son capaces de tocar el corazón de miles de personas, e incluso se han traducido a diferentes idiomas cruzando montañas y ríos para llegar a muchos rincones del planeta. Lo que más nos alegra es que varios de estos poemas se escribieron en sus respectivas lenguas maternas, y que la sinceridad, la emoción, la valentía y el espíritu de sacrificio transmitidos a través de sus versos llegan directo a nuestro corazón. Como lectores, estos poemas no sólo son un placer literario, sino que también purifican la mente y el espíritu. En la actualidad hay muy poca poesía de este tipo, por lo que he promovido activamente la traducción y la publicación de este proyecto. Confío en que todo nuestro esfuerzo es muy valioso y no ha sido en vano.

Jidi Majia

Vicepresidente de la Asociación Nacional de Escritores de China

(Traducción: Zhang Shumei)

序二

倾听不同的声音

阿内尔·佩雷兹

从性别角度出发，设计语言多样性相关的项目是墨西哥国立自治大学文学总部的一大目标，总部希望借此推荐一些不一定符合市场要求或经典权威标准的文学作品，以提高它们在我校内外的知名度。本着这样的精神，我们在墨自大驻华代表处（墨研中心）找到了志同道合的合作伙伴，共同策划了一个大型项目，项目重心放在中墨两国在诗歌方面已卓有成就的女作家们的作品上。

我校文学总部找到了七位既用西班牙语，也用六十八种墨西哥土著语言中的几种进行写作的女作家，她们分别是：法维奥拉·卡里略·铁科（纳瓦特语）、索尔·塞·穆（半岛玛雅语）、布里塞达·库埃瓦斯·科博（半岛玛雅语）、鲁比·桑达·韦尔塔（普雷佩查语）、娜迪亚·洛佩斯·加西亚（米斯特克语）、塞莱丽娜·帕特里西娅·桑切斯·圣地亚哥（米斯特克语）和伊尔马·皮奈达·圣地亚哥（地峡萨波特克语）。中国《民族文学》杂志社与墨自大驻华代表处联系，并在后者的协助下将几位作家的双语诗歌及其中文译本整理收录，以此集中记录下她们的声音。此外，《民族文学》杂志社还汇编了来自中国五十五个少数民族的七位女作家的作品，我校驻华代表处的辛苦付出为出版材料的收集提供了巨大的帮助。最终，我们出版了多语选集《落霞重重》，其中收录了阿依努尔·毛吾力提（哈萨克族）、白玛央金（藏族）、黄芳（壮族）、鲁娟（彝族）、全春梅（朝鲜族）、萨仁图娅（蒙古族）、吾衣古尔尼沙·肉孜沙依提（维吾尔族）七位女作家的诗歌作品，作品皆以她们各自的民族语言和中文双语呈现，诗歌的西译由陈雅轩和梦多负责。

此次项目时间紧，任务重要，同时也是对墨自大提出的“墨西哥 500”文化项目的一种呼应。“墨西哥 500”文化项目布局宏大，将去中心化、去殖民化、文化宗教包容的重要性都搬到台面上进行思考。

在此，我们大力感谢为本项目的顺利进行做出贡献的各方：墨自大驻华代表处（墨研中心）的吉列尔莫·普利多·冈萨雷兹博士、梦多硕士和墨研中心的整个工作团队；中国作家协会的吉狄马加先生和《民族文学》杂志的石一宁先生；墨自大外事处主任弗朗西斯科·何塞·特里戈博士，墨自大文化宣传部主任豪尔赫·博尔皮博士，墨西哥国立自治大学副校长帕特里西亚·多洛雷斯·达维拉博士，阿尔贝托·肯·奥雅玛博士，以及其他为本项目的成功推进提供支持和合作的单位和个人。

墨自大文学总部再次申明，我们将尽量在未来的工作中收录更多目前墨西哥乃至全球文学世界中所存在的声音，致力于拉近这些声音与广大读者之间的距离，并在不间断的对话中，探索落霞重重下更多不为人知的美景。

（作者系墨西哥国立自治大学文学总部部长）

（肖怡菲　译）

ESCUCHAR LAS OTRAS VOCES

Uno de los objetivos medulares de la Dirección de Literatura y Fomento a la Lectura de la UNAM es el diseño de proyectos que atiendan las diversidades lingüísticas con perspectiva de género, para que dentro y fuera de nuestra universidad se conozcan propuestas literarias que no necesariamente responden a las exigencias del mercado ni a la rigidez del canon patriarcal. Con lo anterior en mente encontramos en la Sede de la UNAM en China a una gran aliada, y en conjunto desarrollamos un proyecto amplio que pusiera en primer plano la producción de autoras mexicanas y chinas que han encontrado en la poesía un espacio de resistencia.

En nuestra Dirección buscamos a siete poetas que escriben, además de en español, en algunas de las 68 lenguas originarias de México: Fabiola Carrillo Tieco (náhuatl), Sol Ceh Moo y Briceida Cuevas Cob (maya peninsular), Rubí Huerta Norberto (p'urhépecha), Nadia López García y Celerina Patricia Sánchez Santiago (tu'un savi) e Irma Pineda (diidxazá). La editorial de la *Revista de Literatura de Minorías Étnicas de China*, gracias al vínculo que estableció con ella la UNAM-China, reúne estas voces en un libro con sus poemas en versión bilingüe y en traducción al chino. Además, la misma casa editora compiló a siete autoras de algunas de las 55 etnias no-han de la República Popular China y, también gracias a las valiosas gestiones de la sede de nuestra universidad en aquel país, compartió el material con nosotros para su publicación. El resultado es *Los pliegues del ocaso* / 落霞重重, una antología multilingüe con las autoras Aynur Maulet (kazaja), Baima Yangjin (tibetana), Huang Fang (zhuang), Lu Juan (yi), Quan Chunmei (coreana), Sarantuyaa (mongola) y Uygurnisa Rozasayit (uigur). Presentamos sus poemas en las lenguas de sus comunidades, en chino y en las traducciones al español que estuvieron a cargo de Mónica A. Ching Hernández y Pablo E. Mendoza Ruiz.

Es éste un proyecto urgente, necesario, que a la vez funciona como una suerte de eco de MÉXICO 500, ese vastísimo programa de la UNAM que ha puesto sobre la mesa reflexiones fundamentales acerca de la importancia de la descentralización, la descolonización y la tolerancia cultural y religiosa.

Agradecemos enormemente a las partes involucradas: al

doctor Guillermo Pulido González y al maestro Pablo E. Mendoza Ruiz, de la Sede de la UNAM en China, y a todo su equipo; a Jidi Majia, de la Asociación Nacional de Escritores de China, y Shi Yining, de la *Revista de Literatura de Minorías Étnicas de China*; al doctor Francisco José Trigo, coordinador de Relaciones y Asuntos Internacionales; al doctor Jorge Volpi, coordinador de Difusión Cultural; a la doctora Patricia Dolores Dávila Aranda, secretaria de Desarrollo Institucional de la UNAM, así como a todas las personas que colaboraron para que este proyecto llegara a buen puerto, entre ellas el doctor Alberto Ken Oyama.

Desde la Dirección de Literatura y Fomento a la Lectura reiteramos nuestro compromiso por incluir a cada vez más voces del panorama literario actual en México y el resto del mundo, para acercarlas a los públicos lectores y acaso descubrir así, en una conversación constante, qué hay bajo los pliegues del ocaso.

Anel Pérez

Directora de Literatura y Fomento a la Lectura de la UNAM

序三

跨太平洋帆船之中的性别与诗歌

吉列尔莫·普利多·冈萨雷兹

翻开本书，读者将亲身体验一场前所未有的文学之旅。以墨西哥原住民语言和中国少数民族语言创作的诗歌首次被收录于同一本诗集中，由墨西哥国立自治大学文学总部、中国《民族文学》杂志以及广西师范大学出版社联合出版。

七位墨西哥女诗人和七位中国女诗人便是本次文学之旅的主角。她们的诗作相应翻译成了西班牙语和汉语，以构建起一场跨太平洋的文学对话。每种语言都是一方宇宙，一种世界观，定义着每个民族的根。正是文学将我们传送至另外的维度，感悟多样的思想，体会不同的看待生活的方式。在这样的理念下本书应运而生，于墨西哥国立自治大学国际化框架下推动跨文化交流。

起初，墨西哥国立自治大学驻华代表处向鲁迅文学院（中国最优秀的文学培训学院）介绍了本次出版计划，因而得以与《民族文学》杂志取得了联系。同时，墨自大文学总部也受到了同样的倡议。接下来，为敲定出版项目，我处组织双方领导及工作人员以视频会议的方式进行会谈。双方积极筹备，从性别角度考虑，负责选择诗人及其作品，并决定选取女性作家作为代表，以诗歌的形式推广载体语言。中方提议两国分别选出七位诗人，因为在中文中“七”意味着轮回和重生。入选诗人均在文学创作和文化推广方面有所建树。墨西哥和中国的工作团队在最短的时间内出色地完成了翻译工作，并进行编辑排版，以期诗集顺利出版，展现作品背后两国文字的魅力。

借此机会，我想要向促成诗集顺利出版的各个机构和各位工作人员致以衷心的感谢。该诗集是墨中友谊和墨中文化互赏结出的硕果，我们应该对此感到自豪。首先，我们向十四位诗人致以感谢和敬意。她们用才华唤起了两国千年文化之魂，借助诗意的语言描绘我们赖以生存的家园——地球。感谢墨西哥国立自治大学副校长帕特里西亚·多洛雷斯·达维拉，她积极地对本项目给予支持。感谢墨西哥国立自治大学文学总部部长阿内尔·佩雷兹及其出色的工作团队，尤其要感谢丹妮拉·塔拉佐纳和爱德华多·塞尔丹实现了大学的愿望：通过出版物，以语言和文学为介质，推动我们两国丰富的多元文化为人熟知。至于中方人员，我们想要向友人吉狄马加表达感谢。他本人除了是一名诗人和墨西哥文学的敬仰者，还担任中国作家协会副主席、鲁迅文学院院长等职。当然，还有《民族文学》杂志的主编石一宁和工作人员。如果没有他们辛勤的付出，我们就不太可能了解中国少数民族的诗歌。特别要感谢两国的翻译团队，他们不遗余力地将诗歌翻译为汉语或者西班牙语。我很感激积极投入工作的驻华代表处工作人员：梦多、埃德蒙多·博尔哈和劳尔·洛佩兹·帕拉以及我们中心的实习生张舒媚和肖怡菲。

最后，我想要向北京外国语大学表示感谢，北外是墨西哥驻华代表处的所在地，2021 年是北外建校八十周年，所以我们再一次深深地感谢北外校长杨丹、副校长贾文键和西葡语学院院长常福良，感谢他们十年来对我们的支持。同时，我也要向墨西哥国立自治大学校长恩里克·格劳厄、外事处处长弗朗西斯科·特里戈、文化传播处处长豪尔赫·博尔皮一并致谢，感谢他们一如既往地支持大学国际化工作，尤其支持驻华代表处工作。

这本书有着特殊的意义，因为它也是对墨西哥与中华人民共和国建交五十周年和墨自大驻华代表处成立十周年的献礼。

亲爱的读者朋友，这两本诗集展现了我们两国千年文化共同拥有的多文化、多民族与多语言的伟大财富。而您同样也是见证者，因为阅读本身就是在参与一场跨越太平洋的文学对话。

（作者系墨西哥国立自治大学驻华代表处主任）

（张舒媚　译）

GÉNERO Y POESÍA EN LA NAO DEL PACÍFICO

En las próximas páginas, el lector será testigo de un encuentro literario sin precedentes. Poemas escritos en lenguas de los pueblos originarios de México y en lenguas de los grupos étnicos de China que, por primera vez, se reúnen en un par de ediciones producidas por la Dirección de Literatura y Fomento a la Lectura de la UNAM, la *Revista de Literatura de Minorías Étnicas de China* y la Editorial de la Universidad Normal de Guangxi.

Con el fin de establecer un diálogo literario en ambos lados del Pacífico, siete poetas mexicanas y siete poetas chinas protagonizan esta historia en la cual su poesía fue traducida al español y al chino. Cada lengua es un universo, una cosmovisión que define las raíces de cada pueblo, y gracias a la literatura nos permite transportarnos a otras dimensiones y adentrarnos en diversos horizontes y formas de percibir la vida. Bajo esta concepción se gestó este proyecto, como una manera de impulsar el diálogo multicultural, en el marco internacional de nuestra universidad.

En un primer acercamiento, la Sede presentó el proyecto al Instituto de Literatura Lu Xun (la escuela de literatura más destacada de China) y por ese conducto se estableció la comunicación con la *Revista de Literatura de Minorías Étnicas de China*. En paralelo, la iniciativa se planteó a la Dirección de Literatura y Fomento a la Lectura. En un segundo momento, la Sede convocó a los directivos y colaboradores de ambas instituciones para reunirse (en estos tiempos virtuales) a través de videoconferencia, con el fin de decidir el destino de este gran proyecto editorial. Con entusiasmo y desde una perspectiva de género, las editoriales se encargaron de seleccionar a las poetas y sus respectivos poemas. Por ello se decidió que fueran mujeres las voces literarias encargadas de promover sus lenguas a través de su poesía, y la editorial china planteó que fueran siete ya que este número en chino representa la transmigración y el renacimiento. Todas las autoras han sido reconocidas tanto por su creación literaria como por su labor de promoción cultural. En un tiempo récord, los equipos de trabajo tanto en México como en China emprendieron la titánica labor de traducción, realizaron la formación editorial de los textos con el fin no sólo de publicar los poemas en las distintas lenguas de México y China, sino de mostrar además la belleza de las letras y los caracteres de cada uno de los idiomas representados en las publicaciones.

Quiero aprovechar este espacio para agradecer a las instituciones y a las personas que han hecho posible este proyecto, del cual debemos sentirnos muy orgullosos porque es fruto de la amistad y admiración recíproca entre las culturas de México y China. En primer lugar, nuestro reconocimiento a las 14 poetas, quienes con su talento evocan el sentir del espíritu milenario de nuestras culturas y musicalizan con su voz la raíz de la madre Tierra. Nuestra gratitud a Patricia Dolores Dávila Aranda, secretaria de Desarrollo Institucional de la UNAM, quien de forma entusiasta respaldó este proyecto universitario internacional; a Anel Pérez, directora de Literatura y Fomento a la Lectura de la UNAM y a su gran equipo de trabajo, en especial a Daniela Tarazona y Eduardo Cerdán, por haber emprendido el reto de hacer posible este sueño universitario para contar con publicaciones que, a través de la lengua y la literatura, contribuyen al conocimiento de la riqueza multicultural de nuestros pueblos. De la parte de China, queremos expresar nuestro reconocimiento a nuestro amigo Jidi Majia, quien, además de poeta y admirador de la literatura mexicana, es director del Instituto de Literatura Lu Xun, vicepresidente de la Asociación Nacional de Escritores de China, entre otros cargos. Por supuesto, nuestro agradecimiento a Shi Yining, director de la *Revista de Literatura de Minorías Étnicas de China*, y a sus colaboradores; sin su comprometida participación, habría sido imposible conocer la poesía china de sus grupos étnicos. Mención especial a los equipos de traductores de ambos países por la ardua labor de trasladar la poesía de las distintas lenguas al chino y al español, y por supuesto agradezco el dedicado esfuerzo de los colaboradores de la Sede de la UNAM en China: Pablo Mendoza, Edmundo Borja y Raúl L. Parra y a las practicantes Zhang Shumei y Xiao Yifei.

Finalmente, quisiera expresar mi agradecimiento a la Universidad de Estudios Extranjeros de Beijing, institución que aloja a la UNAM-China y que este 2021 celebra su 80º aniversario, razón por la cual reiteramos nuestro profundo agradecimiento al presidente de BFSU, Yang Dan, al vicepresidente Jia Wenjian, así como al decano de la Facultad de Estudios Hispánicos y Portugueses, Chang Fulliang, por todo su apoyo en estos diez años de trabajo. De igual manera, extiendo mi gratitud al rector de la UNAM, Enrique Graue;

a Francisco Trigo, coordinador de Relaciones y Asuntos Internacionales; y a Jorge Volpi, coordinador de Difusión Cultural, por su constante apoyo al proyecto internacional de nuestra universidad, particularmente al trabajo universitario que se realiza en China.

Esta obra tiene un significado especial pues también está dedicada a las celebraciones del 50° aniversario del establecimiento de las relaciones diplomáticas entre México y la República Popular China, y al 10° aniversario de la fundación de la UNAM en este maravilloso país.

Estimado lector, estas dos publicaciones de poesía son una muestra de la riqueza multicultural, pluriétnica y multilingüística que hermana las culturas milenarias de nuestros países. Usted también es parte de esta historia, porque al participar con su lectura establece un diálogo literario cruzando ambos lados del Océano Pacífico.

Guillermo Pulido González

Director de la Sede de la UNAM en China

序四

行走在追逐美与梦的路上

——七位中国少数民族女诗人的诗意

石一宁

中国少数民族女诗人的诗歌，是中国少数民族文学的重要构成。这不仅在于少数民族女诗人及其作品的数量占比，而且更在于少数民族女诗人作品的艺术成色。这本诗集收入的中国七位少数民族女诗人的作品，具有代表性的意义。

蒙古族女诗人萨仁图娅早年就享誉中国诗坛。蒙古族是中国北方古老的游牧民族，内蒙古大草原是他们活跃的历史舞台。蒙古族不仅物质生活具有独特的民族风格，而且一向有“音乐民族”“诗歌民族”之称。萨仁图娅的诗歌特征，首先是其深沉浓郁的民族历史文化内蕴与色彩。她的诗歌使她成为一位民族的歌者。《沿着额尔古纳河的走向》这首诗抒发了作者对民族历史与先人的景仰和自豪感。额尔古纳河对蒙古族的意义非同寻常。额尔古纳河是黑龙江的正源，是通古斯语（鄂温克语）honkirnaur 的音译，意思为鄂温克江。中国古代史籍《旧唐书》称之为望建河，《蒙古秘史》称之为额尔古涅河，《元史》称之为也里古纳河，自清代开始称之为额尔古纳河。额尔古纳河位于中国内蒙古自治区东北部呼伦贝尔地区，蒙古帝国时期为中国的内陆河，自清朝至今是中国与俄罗斯的界河。额尔古纳河右岸是13世纪建立了大蒙古国的世界史上杰出的政治家、军事家成吉思汗的故乡。额尔古纳河这条“像飘逸的哈达一样圣洁”的“母亲的河流”，唤起作者穿越时空的民族历史记忆，无敌天下的金戈铁马、英勇无畏的一代英灵、那颗千年不息伟岸跳荡的无比博大的心……千年往事，沿着额尔古纳河的走向而来，史诗一样磅礴雄壮，让作为后人的作者遗憾、崇拜与敬仰。深情回望民族历史，凡人之躯的“我”柔弱的心灵淼淼升华灿灿透亮，“美与心灵积蓄了向前行的力量”。诗作有力而又富于美感地表达了作者对民族历史的追寻和对民族精神的守望。萨仁图娅的民族情，又常常与故乡情交融在一起。作为蒙古族人的萨仁图娅，出生并不是在内蒙古草原，而是辽宁省朝阳市农区，“草原博大让我长风浩荡 / 黄土地厚重令我朴素善良”，《草原风　黄土情》这首诗表现了作者对草原原乡与农区故乡的无限情意。萨仁图娅善于在抒情中寓含哲理，“对大地深情 / 就置身于天堂”（《敖包琴声》），仿佛信手拈来的诗句，其实是深刻思考的结晶。“远方以远把我召唤 / 我总是一走再走 / 路上的每一棵小草 / 高举绿色的旗帜为我加油”（《总是一走再走》），节奏与音韵之美，也是萨仁图娅诗歌创作的显明印记。而“我是行动的朝圣者啊 / 不停歇地把美把梦追逐”，《总是一走再走》这首诗里的结句，更是让我深深感动，我想，这既是作者个性的追求与心声，亦达到了一种更为广阔和普遍的精神境界。

藏族诗人白玛央金的诗歌并不特意强调民族性，如果民族文化符号在其诗中出现，那并非一种装饰或调剂，而是一种抒情或叙事的自然。藏族最早聚居于西藏雅鲁藏布江中游两岸，在聂拉木、那曲、林芝、昌都等地区考古发掘中，曾发现新、旧石器时代的文化遗存。藏族主要分布在中国西藏自治区和青海、甘肃、四川、云南等省区。西藏雅砻是白玛央金的故乡。故乡养育了她的生命，也哺育了她的诗歌。对故乡的咏唱，也是白玛央金诗歌的一个重要内容。“月光刚落地 / 一些细节陡然被点亮 / 此时雨翩跹而过 / 昙花盛开　飞翔的鸟儿 / 像另一朵花开在浩空 / 两种美好谁也停不下来 // 唯有我 / 深陷在故乡的土地上 / 像春天的花蕾 / 紧紧攥着内心的芬芳 / 担心一绽放　故乡就会凋谢了”。《深陷故乡》这首诗颇能代表白玛央金的诗歌风格——聪慧、含蓄、内敛，注重意境营造，遣词精当、比喻绝妙。

吾衣古尔尼沙·肉孜沙依提是以本民族母语维吾尔文写作的诗人。“维吾尔”是民族自称，意为“团结”“联合”“协助”之意。维吾尔族主要聚居在新疆维吾尔自治区。现代维吾尔语是维吾尔民族的共同语言，属阿尔泰语系突厥语族。维吾尔族使用文字的历史十分悠久，在不同的历史时期和地区采用不同的字母系统书写自己的语言，文字名称也不相同。现行的维吾尔文，是在晚期察合台文的基础上改进而成。20 世纪 80 年代后期出生于新疆和田市的吾衣古尔尼沙·肉孜沙依提，在新疆改革开放的时代氛围中成长，感受着现实生活日新月异的变迁，她的创作呈现出与本民族前辈诗人不同的面貌。她的诗歌专注于生机勃勃的现实，专注于亲情与爱情的吟唱。春天对爱的向往（《思念春天》），午夜对爱的期待（《午夜私语》），对无望的爱的执守（《深沉的爱》），对如大海般深阔的爱的坚信（《无题》），对给予自己“阳光”和“取之不竭的尊严”的父爱的感激（《父亲与诗歌》）……在作者的眼里，她所置身的是一个充满爱的世界，因为心中“有满满的爱”，手中的笔才会写出爱的颂歌。吾衣古尔尼沙·肉孜沙依提执着地探索诗歌的艺术，“一首诗好比脱缰的马 / 我无法驯服它 / 在心中驰骋”，《远去的诗歌》一诗表现了作者对诗歌理想境界的苦心求索。

阿依努尔·毛吾力提是哈萨克族女诗人中的佼佼者。哈萨克族源比较复杂，一般认为，主要是古代的乌孙、康居、阿兰（奄蔡）人和原在中亚草原的塞种人、大月氏，以及以后进入这个地区的匈奴、鲜卑、柔然、突厥、铁勒、契丹、蒙古等各族人融合而形成的。哈萨克族历史上是以游牧为主的民族，主要分布在新疆维吾尔自治区，河流两岸、山麓地带、湖泊山泉周围是哈萨克草原畜牧业和种植业活动的广阔场所。阿依努尔·毛吾力提的诗歌，十分生动地展现了哈萨克族的生活与风情画卷：“毡房顶上炊烟袅袅 / 那匹老马闭着眼畅饮松枝的清香 / 女人们忙碌的背影 / 不因这迟到的春华有丝毫的倦息”（《迟到的的春天》）。“马 / 先于

图腾 / 植根于哈萨克人的记忆 / 于是 / 歌与马 / 载着哈萨克人 / 飞翔”(《马》)。然而，阿依努尔·毛吾力提又是一位沉思生活的诗人，她的诗歌更多的是对人生与爱情的思索：“青春、记忆、爱和恨，终将远离，/ 你和我，也会相跟着离开这个世界。/ 那时，我愿意变成那些候鸟，/ 和你一起飞越整个宇宙。/ 来吧，我已经藏好悲伤，/ 如果夜太黑，我还可以点亮自己。”(《生日》)“如果爱，请深爱 / 太阳就要升起 / 露珠会在瞬间陨落 / 像每次转身后挂在腮边的泪滴”(《如果爱》)。这些诗歌显示着洞察人生真相的企图，格调凝重沉郁，笼罩着一层淡淡的感伤。

全春梅是一位能用朝鲜文与汉文写作的朝鲜族双语诗人。朝鲜族是由相邻的朝鲜半岛陆续迁入、定居东北地区而逐渐形成的中国跨境民族之一，主要分布在东北吉林、黑龙江、辽宁三省，集中居住于图们江、鸭绿江、牡丹江、松花江及辽河、浑河等流域。朝鲜族最大的聚居区是吉林省延边朝鲜族自治州，该州的龙井市是全春梅的故乡。全春梅的诗歌，动人地书写民族日常生活与风俗，如《新娘》；深情地歌咏故乡，如《父亲的山》。作者更富有悲天悯人的情怀。改革开放后，随着中国经济的迅速发展，越来越多的朝鲜族人口由传统居住地东北三省向京津地区、黄河下游、长江下游、珠江下游地区等沿海经济开放区转移，他们在那里或是定居，或是工作。关注着离开故土的朝鲜族同胞的生活与命运，是全春梅诗歌创作的一个重要焦点：“总是背负 / 岁月的漩涡 / 朝着幸福的终点站 / 排在长长队列末端 / 忍耐没有签约的时间”，“在都市新的族谱里 / 依旧记载朴素的泥土传说 / 有播种就会有收获”（《农民工》）；“大大小小的包袱里 / 孤独与悲伤 / 和打转儿的日常 / 满满的像在示众”，“难得准许的 / 一张空闲握在手中 / 乘上‘春节号’列车的小确幸 // 冬天的那头 / 故乡母亲的呼唤声 / 早已化作春潮在心头涌动”（《归乡》）。作者叹息生活的不易，但诗风并不忧郁，因为作者对人生有豁达的认识和领悟：“以成熟的名义走进的时间 / 不是结满果实的寻常瞬间 / 而是达观的虚怀 / 可以把一切奉献”，“树木在退去本色的忍耐里 / 散发出美如天色的幽香”（《秋天》）。在苦涩的时间中品察万物的芳香，显示了诗人与诗艺的成熟。

彝族诗人鲁娟的目光更多地落在本民族女性的身上。彝族主要分布在云南、四川、贵州和广西。凉山彝族自治州是全国最大的彝族聚居区。中华人民共和国成立前，由于彝族居住分散，社会发展极不平衡，各彝族地区存在不同的社会组织与政治制度。20 世纪上半叶，滇、黔、桂广大彝族地区及四川的部分彝族地区渐渐进入了以封建地主制经济形态为主导的社会。凉山彝族地区，则还处在等级森严的奴隶制社会。中华人民共和国成立后，经过土地改革和民主改革，废除了封建土地所有制和奴隶制度，建立了社会主义制度，彝族地区经济社会面貌发生了巨大变化。特别是 20 世纪 70 年代末中国改革开放以来，彝族地区政治、经济、文化等各项事业取得光辉的成就。鲁娟笔下的彝族女性形象，已经抖落历史的尘埃，显现出现代的风貌。老态龙钟的祖母，给她这样的教诲：“谁也不能替你在这条路上，/ 必须自己去走”，“每一寸光阴正等着你爱 / 而你总落在后面或跑得太快”，“你在哪里，哪里就是中心 / 不必苦于外求”，“这些历经痛苦和艰辛浮出来的，/ 是黄连是苦楝是甘露是蜜汁，/ 是由黑暗转向光亮的全部！”（《拉布俄卓及女人群画像 · 礼物》）她如此描绘故乡凉山州西昌的女同胞：“她们被阳光喂养，/ 体内藏有金黄的老虎 / 总是因为热烈、狂野，不容分说 / 在人群中被一眼认出。”《拉布俄卓及女人群画像 · 素描一》“足够的光，/ 足够的时间，/ 足够的世事和人，/ 之后才会那么美。”（《拉布俄卓及女人群画像 · 素描二》）鲁娟或许并不是女性主义诗人，但她如此认识自我：“我是五月清晨无名的蓝色小花，/ 我是二月夜晚奇异的果实。// 我是金沙江边炙热的石块，/ 我是钢筋水泥间冰冷的铁。// 我是山冈自由野性的风，/ 我是界限分明的围栏。// 我是惊世骇俗的独立，/ 我是千年如一日的牺牲。// 我是快马加鞭的急迫，/ 我是流水绵长的缓慢。// 我是土地的歌者，/ 我是大海的水手。// 我是男人中的女人，/ 女人中的男人。// 我是完美无瑕的理想，/ 我是漏洞百出的生活。// 我是所有矛盾的综合体，/ 我是所有综合中的矛盾。”（《拉布俄卓及女人群画像 · 自画像》）这是一个内心和性格充满矛盾，却又是独立和自由的女性形象。

壮族诗人黄芳居住于喀斯特地貌造就的有“山水甲天下”之美誉的广西桂林。壮族是中国 55 个少数民族中人口最多的民族，主要聚居在中国的南方，广西壮族自治区是壮族的主要分布区。壮族是历史悠久的民族。中国先秦秦汉时期汉族史籍所记载的居住在岭南地区的“西瓯”“骆越”等，是壮族最直接的先民。壮族能歌喜舞，民间文化艺术多姿多彩。但黄芳的作品，民族文化色彩较为淡薄；风景瑰丽的桂林孕育的这些诗歌，也淡于抒情，而浓于哲理，她追求发现和揭示生活表象下的本质。或许这是深厚的民族历史文化背景产生的另一种从容选择，即超越表面的民族性，而走向普遍人性的表达。作者不看重标志性的文化符号，更注意能表现生活真理的恰当语词的淘索。黄芳的诗，以多种形式、从多种视角演绎了满怀诗意的人或曰理想主义者在现实中的困境与突围：“你要画一个人 / 她的眉毛不是我的，眼睛不是我的 / 她的嘴巴，脸庞 / 都不是我的 // 但她是我”，“你要画的那个人 / 是我 / 她行走，脚下不是路 / 不是人间”（《画一个人》）；“有那么一瞬间 / 哲学不过是场偏头痛 / 并不比一头驴，或者一只偏执的老黑猫 / 更接近本质 / 谢谢你释放了笼中的灵魂 / 任它在森林中奔跑 / 原谅我手执死神的花枝 / 步履急促 // 去追赶那场大雪 / 去隐掉全部身后事”（《将来的事》）。黄芳感性的诗句，绘出的是哲学的画像。

上述七位来自七个民族女诗人的作品，个性与风格各异。她们的写作，体现了当下中国少数民族女性诗歌的多样性。然而，她们的写作也具有一种共性：她们都是行走在追逐美与梦的路上。诗人们常言，民族的，也是世界的。面对此七位女诗人的诗歌，我还想补充道：性别的，也是人类的。

（作者系《民族文学》主编）

EN BUSCA DE LOS SUEÑOS Y LO BELLO

—Poesía de siete autoras de comunidades étnicas de China

La poesía de autoras de comunidades étnicas de China constituye una parte esencial de la literatura del país no sólo por los pueblos que ellas y su trabajo representan: también por el gran valor artístico vertido en sus obras. De ahí la importancia y la significación de *Los pliegues del ocaso*, esta antología que recopila el trabajo de siete escritoras de distintas etnias.

La poeta mongola Sarantuyaa ha recibido un notable reconocimiento en el mundo poético chino desde hace varios años. En la antigüedad, la etnia mongola estaba integrada por pastores nómadas del norte de China, y se considera que su escenario histórico es el prado mongol interno. Además de experimentar una vida material con un estilo distintivo, se le conoce desde hace mucho tiempo como "la etnia de la música" y "la etnia de la poesía". Los poemas de Sarantuyaa se caracterizan por su intenso contenido y su color históricos, propios de esta cultura, a través de los cuales la voz poética personifica a una cantante mongola. En el poema "A lo largo del río Argún", por ejemplo, la autora expresa su admiración y su orgullo hacia la historia y los antecesores de su etnia. El río Argún, además, tiene un gran significado para los mongoles: su nombre es una transcripción fonética de *hon- kirnaur*, que significa "río Evenki" en el idioma evenki—perteneciente al grupo de las lenguas tunguses—y es la fuente del río Amur. En el *Libro de los Tang*, la obra clásica de la historia de China, el río tenía el nombre de Wangjian; en la *Historia secreta de los mongoles* se llamaba Ergune; en la *Historia de la dinastía Yuan* fue denominado Yergún, y el nombre Argún no se acuñó sino hasta la dinastía Qing. Argún se ubica en Hulun Buir, en el noreste de la región autónoma de Mongolia Interior de China. Durante el imperio mongol Argún fue un río interno chino, pero desde la dinastía Qing hasta hoy sirve como río fronterizo entre China y Rusia. En su orilla derecha se encuentra la tierra natal de Gengis Kan, uno de los políticos y estrategas más sobresalientes de la historia mundial, quien estableció el gran imperio mongol en el siglo XIII. El río Argún, "madre de los ríos", "tan celestial como aquella *hada* blanca suspendida", evoca en la autora la memoria histórica—que cruza el tiempo y el espacio—de su etnia: el ejército de los caballeros invencibles, la generación honorable de los héroes intrépidos, el corazón invencible que late sin cansancio por miles de años. Todo lo que aconteció durante esos milenios es el cáliz de Sarantuyaa para seguir la corriente del río Argún, tan imponente y majestuoso como una gesta que le provoca—al ser ella descendiente de la etnia mongola—admiración, veneración y también lamento por el pasado. Al mirar atrás en la historia de su etnia, el delicado corazón que late en un cuerpo mortal se vuelve "brillante, translúcido", con el alma llena de fuerza para avanzar con "un resplandor perseverante". Sólidos, escritos con destreza, los textos demuestran la búsqueda de la historia étnica por parte de la poeta, así como su revisión al espíritu de su pueblo. Pese a ser mongola, la autora no nació en el prado mongol interno, sino en una zona agrícola en Chaoyang de la provincia de Liaoning. El afecto de Sarantuyaa por su etnia está intrínsecamente ligado al amor por su pueblo natal, como queda de manifiesto en el poema "Viento de la pradera, amor por la tierra amarilla": "La vasta pradera me hace más grande y poderosa; / el grosor de la tierra, más simple y bondadosa". La expresión de reflexiones a través de los sentidos también es característica de su obra, con versos simples como "Amor profundo por mi tierra, / es como estar en el paraíso", que comprenden la meditación de la autora, aspecto que también se aprecia en "Siempre en camino": "La lejanía me hace un llamado. / Siempre en camino, vuelvo a caminar. / Cada pequeño pasto en el sendero / alza su bandera verde para darme ánimo". La belleza del ritmo y la rima forman parte, asimismo, de la particularidad de los frutos creativos de Sarantuyaa. "Soy un peregrino en movimiento, / sin descanso, en busca de los sueños y lo bello" son los últimos versos de "Siempre en camino", que me conmueven profundamente. Creo que no sólo se evidencian en ellos la aspiración y el pensamiento de la propia poeta: han alcanzado, además, un nivel espiritual amplio, universal.

Los poemas de la autora tibetana Baima Yangjin, en cambio, no ponen de relieve sus propiedades étnicas. En vez de servir como ornamento, los símbolos culturales étnicos aparecen de manera natural en sus poemas, junto con la expresión lírica o narrativa de sus versos. Los tibetanos se agruparon e instalaron originalmente a la orilla de la corriente del río Yarlung Tsangpo, ubicado en el Tíbet. Reliquias pertenecientes a la Edad de Piedra se hallaron durante prácticas arqueológicas realizadas en Nyalam, Nagqu, Nyingchi y Chamdo. Hoy en día, la etnia tibetana vive principalmente en la región autónoma del Tíbet, que comprende además las provincias de Gansu, Sichuan y Yunnan, entre otras. Baima Yangjin nació en Yalung del Tíbet, espacio donde se crio y del cual se ha alimentado su poesía. El canto de su pueblo es importante en sus versos: "Cuando aterriza la luz de la luna / algunos detalles se iluminan de pronto. / En este instante la lluvia pasa volando / epifanía en floración, pájaros en vuelo / como si fueran otra flor que prospera en el aire / dos hermosuras imparables. // Sólo yo / en las profundidades de mi pueblo natal / como un brote primaveral / sostengo la fragancia de mi corazón con fuerza / con el temor de que, una vez que florezca, se marchite mi tierra natal". En cuanto a estilo poético se refiere, "En las profundidades de la tierra natal" es el más representativo de sus poemas incluidos aquí; inteligente, contenido, sugerente, con el foco puesto en la creación del ambiente, es preciso en la selección de sus palabras, así como en el uso de metáforas.

Uygurnisa Rozasayit es una poeta que escribe en uigur, lengua originaria de su etnia. Uigur es como se denomina a sí misma la etnia, y entre sus significados se encuentran solidaridad, unión y ayuda. Vive principalmente en la región autónoma uigur de la provincia de Xinjiang. El uigur moderno es la lengua común de la etnia uigur, pertenece al grupo túrquico de las lenguas altaicas y la historia de su escritura es muy vasta: en diferentes regiones y épocas, su lengua se ha escrito con distintos alfabetos, por lo que tiene varias denominaciones; la escritura uigur actual se desarrolló con base en el idioma chagatai posclásico. Nacida en la ciudad de Hotan, perteneciente a la región de Xinjiang, en la segunda mitad de los ochenta del siglo xx, Uygurnisa Rozasayit creció durante el periodo de la reforma de apertura de China. Testigo del vertiginoso cambio que se producía en la vida diaria, su obra presenta una actitud poética parecida en relación con sus antecesores, aunque se trata de una voz diferente. Sus versos ponen acento en la importancia de lo cotidiano, en el amor y la familia. El ansia de la primavera por el amor ("Nostalgia por la primavera"), la expectativa de la noche oscura del amor ("Murmullo de medianoche"), la obsesión y el desenfreno por el amor ("Amor profundo"), la convicción en el amor —"comparable con la inmensidad del mar"—y el agradecimiento a su padre, quien le ha dado "la luz" y "una dignidad que no se agota" ("Mi padre y la poesía"). En los ojos de la poeta, el mundo que la rodea está repleto de amor, porque tiene un corazón lleno y eso la vuelve capaz de escribir himnos amorosos. Es firme en su aspiración para entender el arte poético: "Un poema es como un caballo desbocado / galopa en mi corazón / y yo sin poder domarlo", escribe en "Poesía que se aleja", texto en el que la autora revela su ardua búsqueda con tal de alcanzar el nivel ideal del ejercicio poético.

Aynur Maulet es una sobresaliente poeta de la etnia kazaja, cuyo origen es complejo. Por lo general se le considera una mezcla de los wusun, kangju, alanos, sacas y yuezhi, que originalmente residían en la meseta de Asia Central, y los xiongnu, xianbei, rouran, turcos, tiele, kitán y mongoles, que habitaron más tarde esta región. La etnia kazaja estuvo principalmente integrada por pastores nómadas y en la actualidad residen en la región autónoma uigur de Xinjiang. A las orillas de los ríos, al pie de las montañas y en los alrededores de los lagos, se desarrollaron la ganadería y agricultura de la pradera kazaja. Los poemas de Aynur Maulet plasman vívidamente la vida de los kazajos: "Las volutas de humo del fogón en el techo de la yurta. / Ese viejo caballo que bebe con los ojos cerrados hasta saciarse / de la fragancia de la rama de pino. // No es por causa de la primavera tardía / que las figuras de las mujeres de espaldas muestran una especie de languidez" ("Primavera tardía"); "primero el caballo / luego el tótem / raíces de la memoria de los kazajos. / Así / canto y caballo / volando conducen a los kazajos" ("Caballo"). En sus poemas también es evidente la meditación sobre la vida y el amor: "Juventud, recuerdos, amor, odios / todo esto se desvanecerá. /

También tú y yo dejaremos uno tras otro este mundo. / Cuando llegue ese momento, estoy dispuesta a convertirme / en un ave pasajera / y volar junto contigo al espacio infinito. / Anda, acércate, ya me he encargado / de guardar la tristeza. / Y si la noche es muy oscura / puedo encender mi propia luz" ("Cumpleaños"); "Si amas, te pido que lo hagas con intensidad. / El sol está a punto de salir: / gotas de rocío caerán del cielo en ese instante / igual que las lágrimas penden de mis mejillas / cada vez que doy la media vuelta" ("Si amas"). Sus poemas muestran la pretensión de la autora para llegar al conocimiento más profundo posible sobre la vida, por lo cual su obra está provista de un matiz melancólico.

La poeta Quan Chunmei puede escribir en chino y en coreano. Los coreanos se han trasladado de manera sucesiva al noreste de China, desde la península coreana vecinal, para conformar una de las etnias transfronterizas chinas. Residen principalmente en las tres provincias del noreste de China: Jilin, Heilongjiang y Liaoning, y se agrupan en las cuencas de los ríos Tumen, Yalu, Mudan, Songhua, Liao y Hun. El lugar con mayor concentración de la etnia es la prefectura autónoma coreana de Yanbian en la provincia de Jilin, donde se ubica la ciudad de Longjing, lugar de nacimiento de Quan Chunmei. La poeta describe en sus textos, de manera vibrante, la vida cotidiana y las tradiciones de su etnia, como en "Novia", y canta con toda el alma por su pueblo natal, como en "La montaña del padre". También conserva la empatía y la compasión por los demás. Después de la Reforma y Apertura, a medida que se disparaba la economía de China, cada vez más coreanos se trasladaban de las tres provincias mencionadas a ciudades como Beijing y Tianjin, así como a las áreas de exclusividad económica costeras, pertenecientes al descenso de los ríos Amarillo, Yangtze y el río de las Perlas, para trabajar y vivir en aquellos lares. La vida y el futuro de sus hermanos coreanos son uno de los puntos de atención de la literatura de Quan Chunmei: "Siempre carga / un remolino de años / rumbo a la última estación de la felicidad, / se forma en una larga fila, / aguanta el tiempo sin ser contratado, / come un bollo sin deseo, / experimenta un mundo sin cuidados. // El aroma que destila la tierra recién arada / en la nueva genealogía de la metrópolis / sigue allanando aquel simple dicho sobre la tierra: / habrá cosecha si siembras" ("Trabajadores migrantes"); "Morrales grandes y pequeños, / soledad, tristeza, / las nimiedades del día a día / se exponen ante las multitudes. // Por fortuna / llevo en mis manos ese boleto tan difícil de obtener / para tomar el tren con rumbo al Festival de la Primavera. // El otro lado del invierno / y el llamado de mi madre que viene del pueblo /

desde hace tiempo palpitan en mi corazón como una oleada primaveral" ("Volver a la tierra natal"). La autora lamenta lo difícil de la vida, y deja entrever algo de tristeza al conocer y entender su esencia: "El tiempo que se acerca en nombre de la madurez / no es un instante convencional que se llena de frutos, / sino un vacío generoso que se puede entregar a todo. // [...] y de los árboles en su aguante decolorado / emerge una fragancia tan bella como el cielo" ("Otoño"). Explora la fragancia del mundo entero en tiempos de pena, lo cual demuestra su madurez y su habilidad poética.

La mirada de Lu Juan, poeta de la etnia yi, se adentra más en las mujeres de su etnia. Los yi viven principalmente en las provincias de Yunnan, Sichuan, Guizhou y Guangxi. La prefectura autónoma yi de Liangshan es el lugar con mayor concentración de esta comunidad en China. Antes de la fundación de la República Popular China (RPC), los yi vivían de manera separada en varios lugares, víctimas del desequilibrio del desarrollo social entre las diferentes áreas de concentración, en las que la organización social y su sistema político tampoco eran iguales. En la primera mitad del siglo xx, los puntos de concentración ubicados en Yunnan, Guizhou, Guangxi y algunos de Sichuan entraron a una nueva etapa económica social de la renta feudal, mientras que los grupos en Liangshan mantuvieron un modo de producción esclavista. Fue después de la fundación de la nueva China (RPC), con la llegada de la reforma agraria y democrática, establecida ya la institución socialista, cuando la fisonomía económico-social de las áreas de la etnia yi experimentaron grandes cambios, sobre todo después de que se pusiera en marcha la política de la Reforma y Apertura de China a finales de los años setenta del siglo xx. La etnia yi ha alcanzado brillantes resultados en su desarrollo político, económico y cultural. Las imágenes de las mujeres yi en la poesía de Lu Juan se han sacudido el polvo de la historia y muestran un estilo moderno, aspecto que se aprecia cuando la abuela de la poeta, de otra generación, le enseña: "Nadie puede remplazarte en este camino, / debes andar por ti misma", "Cada pulgada del tiempo está en espera de tu amor / y tú siempre te quedas atrás o corres muy rápido", "Donde estás está el centro. / No es necesario buscarlo afuera", "Toma, / lo que emerge de estas amargas experiencias y penurias / es huanglian, es kulian, es rocío dulce y néctar. / ¡Es todo lo oscuro que se vuelve brillante!" ("Regalo"). Lu Juan describe así a las mujeres de Xichang de la prefectura de Liangshan, su pueblo natal: "alimentadas por la luz del sol; / en su interior se esconde un tigre dorado / apasionado, salvaje, difícil de poner en palabras... / Sólo basta una mirada para reconocerlas entre las multitudes"

("Bosquejo uno"); "lo justo de luz / lo justo de tiempo / lo justo de mundo y personas / y sólo así puede ser tan bella" ("Bosquejo dos"). A lo mejor Lu Juan no se declare militante del feminismo, pero se describe a sí misma de esta forma: "Soy una pequeña flor azul anónima del alba de mayo / un fruto extraño de la noche de febrero", "las piedras ardientes del río Jinsha / el hierro helado en el concreto", "el viento silvestre y libre del monte / una valla bien delimitada", "la independencia que escandaliza / el sacrificio" ("Autorretrato"). Se trata de una figura femenina que comprende la paradoja entre la mente y el carácter, que es independiente y libre.

La poeta Huang Fang de la etnia zhuang vive en la provincia de Guangxi, en Guilin, una ciudad que ha obtenido el reconocimiento de "albergar las montañas y el agua más bellas del mundo" debido a su relieve kárstico. La etnia zhuang es la de mayor población entre las 55 etnias de China. Habita principalmente en el sur del país, albergada sobre todo en la región autónoma de Guangxi. Cuenta con una historia larga: en los documentos históricos del periodo pre-Qin y de las dinastías Qin y Han registrados por la etnia han, se describía la existencia de los xiou y los luoyue, que fueron los antepasados más directos de la etnia zhuang. Los zhuang son hábiles para cantar y bailar, y están dotados de un arte cultural folklórico notablemente colorido. Sin embargo, esto no se da a notar en los versos de Huang Fang. Aunque escritos en un lugar con tantas escenas pintorescas como Guilin, sus poemas son más filosóficos que líricos. Lo que busca la autora es descubrir y revelar la esencia oculta bajo la superficie de la vida. Probablemente es debido al contexto cultural e histórico de su etnia que ella ha optado por un estilo literario de este tipo, que consiste en sobrepasar lo exclusivamente étnico para alcanzar una forma de expresión universal. En vez de dar importancia a los símbolos culturales icónicos, la poeta prefiere tomar más tiempo para pensar en la selección de las palabras más adecuadas y mostrar así la verdad de la vida. Los poemas de Huang Fang presentan desde varias perspectivas las dificultades con que se topa en la realidad una persona poética e idealista, y además hace apuntes sobre cómo superarlas: "Si vas a dibujar a una persona / sus cejas no son las mías / sus ojos no son los míos / su boca, su rostro, nada es mío. // Pero ella soy yo. // [...] Esa persona que vas a dibujar / soy yo. / Sus pies marchan por un espacio / que no es camino / que no pertenece a este mundo" ("Dibujar un retrato"); "Hay un momento / en que la filosofía no es más / que un dolor de cabeza, / no está más cerca de la esencia / que un asno o un viejo gato negro paranoico. / Gracias a ti por soltar el alma enjaulada / y permitirle pegar la carrera en el bosque. / Disculpa por afianzarme a la rama en flor de la muerte. // Caminaré deprisa / para perseguir la gran nevada / para ocultar lo que pasará después de mi muerte" ("Cosas del futuro"). Lo que pinta la autora con sus versos sensibles es un retrato filosófico.

Las obras de estas siete autoras de comunidades étnicas, con sus propias características, con sus estilos particulares, representan la diversidad actual de la poesía escrita por mujeres de las etnias de China. Por otra parte, hay algo común entre ellas: todas caminan en busca de los sueños y lo bello. Los poetas suelen decir que lo étnico es también lo universal. Frente a la reunión de estas siete autoras, quisiera añadir lo siguiente: hablar de género es también hablar de toda la humanidad.

Shi Yining

Director de la *Revista de Literatura de Minorías Étnicas de China*

(Traducción: Xiao Yifei y Pablo E. Mendoza Ruiz)

序五

当代原住民语言之女诗人诗歌中的记忆、见证和坚持

苏珊娜·巴乌蒂斯塔·克鲁兹

我在这里　与它的声音们的风一起
是时候返回故乡
为了分享我们的印记
它们纹在每棵树　每条路
每朵花　大地的每个生命上
为了让它们在永生之河中行走……

——塞莱丽娜·帕特里西娅·桑切斯·圣地亚哥

一

本诗集选取七位当代女性的声音，以此来走进、探寻、赞美以原住民语言和西班牙语创作的诗歌。这七位诗人分别是：布里塞达·库埃瓦斯·科博（1969 年生于墨西哥坎佩切州卡尔基尼

市特帕坎村）、塞莱丽娜·帕特里西娅·桑切斯·圣地亚哥（1967年生于墨西哥瓦哈卡州圣胡安米克斯特佩克市）、伊尔马·皮奈达·圣地亚哥（1974年生于墨西哥瓦哈卡州市胡奇坦·德·萨拉戈萨市）、索尔·塞·穆（1974年生于墨西哥尤卡坦州卡洛特穆尔市）、法维奥拉·卡里略·铁科（1986年生于墨西哥特拉斯卡拉州圣巴勃罗德尔蒙特市）、鲁比·桑达·韦尔塔（1986年生于墨西哥米却肯州奇科尔塔市圣托马斯村）以及娜迪亚·洛佩斯·加西亚（1992年生于墨西哥瓦哈卡州特拉斯科市卡巴约卢西奥村）。整本诗集是广大多样诗歌作品的简略呈现，而诗歌本身也作为一个整体，成为墨西哥原住民语言文学的一部分。

原住民的多元文化性和多语言性丰富了当代墨西哥艺术的不同领域。墨西哥国家土著语言研究所在语言多样性相关公共政策制定的参考——《国家土著语言总目（2008）》中列出了土著语言的三个层级：11个语族，68种语言以及364种语言变体。这68种原住民语言及西班牙语是墨西哥的国民语言。

在这个意义上来说，这些原住民语言诗歌因地而异，而这与这些语言（书面诗歌这一文学类别的文字载体）在近些年中不断发展有关。一些原住民语言拥有相当数量的使用者，或者说较高的语言知名度使得它们可以发展出自己的文学传统。值得一提的是这些文学作品是原住民语言和西班牙语双语作品，由作者本人翻译而成。本诗集也是一幅图景，简要展现了墨西哥中部、南部和东南部书面诗歌的全景样貌：米却肯州、特拉斯卡拉州、瓦哈卡州、坎佩切州和尤卡坦州。诗集选取的诗人属于不同的文化、语言和文学传统：玛雅、米斯特克、纳瓦特、普雷佩查以及萨波特克。

原住民女诗人从个体感知出发写诗作文，从她们的每首诗中都可以欣赏到诗人对其祖先文化的深刻理解。她们的诗句里回响着对生存的忧虑，展现了不公正现象、移民和性别暴力的日常情景。当然从她们各自的宇宙起源观中，也可以感知大自然的力量，正是这种力量促进生命周期的更新：湿润的土地中孕育着根茎，在雨中我们绽放出另一番生命景象。在此呈现的双语诗作均是各位诗人最具代表性的作品。

二

在美洲的古老民族中经常可以见到原住民女性将知识口口相传，她们从祖母、母亲、阿姨那里汲取知识。她们是语言传播的中流砥柱：为孩子唱摇篮曲，正如坎佩切州的半岛玛雅诗人布里塞达·库埃瓦斯·科博《温柔的赞美诗》一诗中描绘的一样，对于婴儿来说，母亲的心跳就是温柔的摇篮曲。库埃瓦斯·科博是墨西哥土著语言作家协会创始人之一，她深谙玛雅文化，在“母亲”“家”“第一枚耳环”的亲密性中着重突出玛雅女性形象。她是投身玛雅语写作的女性先驱。其作品在国际上具有广泛的知名度。

米却肯州普雷佩查族诗人鲁比·桑达·韦尔塔在《生命赐予

者》一诗中谈到了在分娩时去世的母亲：有时 / 女性在每次分娩时死去 / 为了诞下新生命而死去。诗人自己在分娩第一个女儿的时候经历难产，这给她留下了深刻的印象。所以她的第一本诗集名为《一位普雷佩查族母亲唱给她的孩子的歌》（2017），收录了普雷佩查民族风格的婴儿摇篮曲，这些传统歌曲体现了普雷佩查族的世界观（普雷佩查语仅在米却肯州使用）。

带有英雄色彩、神话色彩、包含群体中发生的重大事件的叙事在原住民语言诗歌中独占一方天地。通过加入新的元素，这些事件得以重新演绎：现在不是神而是那些拥有自我认知、认清不幸的男男女女在为民族指引道路。娜迪亚·洛佩斯·加西亚在她的诗歌《记忆》如是证明。诗中悲痛的回忆像浪潮般翻涌而来，讲述了父辈被噤声的语言。在很长的一段时间里，语言扫盲政策和教育政策一度使用惩罚的方法否定原住民语言，强制要求将西班牙语作为唯一语言。作为文化领域的知名青年女诗人，纳迪亚面向原住民儿童组织文学创作工作坊。米斯特克语是语言变体最多的语言之一，它的使用范围广泛，遍及瓦哈卡州、普埃布拉州和格雷罗州。

塞莱丽娜·帕特里西娅·桑切斯·圣地亚哥是另一位米斯特克语诗人，她年少时移居墨西哥城，在那里曾遭遇过种族主义和歧视。她在《野花》中这样描述：我像朵 / 长在山上的花 / 一朵野花 / 在这个沥青村庄中 / 顽强生长 / 在一片混凝土密林中 / 被迫幸存。她的第一本诗集《路的精华》（2013）（*Iniíchi*）探寻了米斯特克族女性走过的生命历程。“camino”（路）是“ichí”的西班牙语翻译，在这里意为与精神不可分割的肉体的精华。

特万特佩克地峡的诗歌由伊尔马·皮奈达·圣地亚哥完美代表，她带着批判精神和鼓舞人心的精神进行写作，同时她还是文学翻译者，将地峡萨波特克语译为西班牙语。她曾在加拿大阿尔伯塔省班夫艺术中心的国际文学翻译中心（2004）和美国芝加哥“街头与梦想”艺术之家（1998）驻留学习。她也是维护原住民的积极分子，被委任为联合国拉丁美洲和加勒比地区常设论坛墨西哥原住民族和非裔墨西哥人代表（2020—2022），诗集《被带走的花朵》（2013）在她的漫漫职业生涯中脱颖而出，其中揭露了墨西哥军队针对原住民群体的暴力，让其被迫消失，性侵原住民女性。她在《蓝色的渴望》（2020）中纳入女性亲历者，她们曾是原住民群体中性别暴力的受害者。

法维奥拉·卡里略·铁科熟知土地的颜色、鸟儿的飞翔和歌唱，在诗中她描绘了绝美的图景。比如这首“Xochipapalotl”，它的题目没有对应的西班牙语翻译，我们可以试着朗读这个单词去感受纳瓦特语的词汇。半岛玛雅诗人索尔·塞·穆通过大胆描写作为欲望的领地的女性身体，这种象征化的领地具体表现为肉欲，从而展示了其多变的文学风格。选入本诗集的诗歌来自《神媾》（2019）、《处女膜的哀歌》（2014）和《我阴道壁上的诗》（2014）。

总之，原住民语言之女诗人是双重创造者，她们用两种语言和两种思维框架创作平行作品：翻译着自己的世界，在原住民语言和西班牙语之间建立起跨文化沟通。这些诗人延续着她们所属的文学传统，继续将口语化作为作品的出发点。她们以反思的方式探索文化归属。除了再次确认自己的身份，再次思考原住民在当下的意义，她们也重新唤起了用原住民语言写作的意义，成为墨西哥文学的骄傲。

（作者系马扎瓦族作家、墨西哥国立自治大学文化多样性与跨文化性研究所研究员）

（张舒媚 译）

MEMORIA, TESTIMONIO Y RESISTENCIA EN LA POESÍA ESCRITA POR MUJERES EN LENGUAS INDÍGENAS CONTEMPORÁNEAS

yo'ó ingáyu... tsi tachi yu'úná
ràà vichi naá ndachiko nuú nikindoo xandú
yo'ó stakoó kué tsá'á takua naa ndaki'ín naá ñàà
ndaka'ínà nuú yutu / nuú ichí / nuú ita /
nuú ndituso kue ñàà nde'é nuú ñu'ún yo'ó
takua naa kakí nuú yucha ichianchaso

aquí estoy... con el viento de sus voces
es tiempo de retornar al origen
para compartir nuestras huellas

tatuadas en cada árbol / en cada camino /
en cada flor / en cada ser de la tierra
y hacer que caminen en el río de la eternidad

Celerina Patricia Sánchez Santiago
(lengua tu'un ñuu savi / mixteco)

I

Esta antología busca abrir, explorar y exaltar la poesía escrita en lenguas indígenas y en español, a través de una selección de siete voces contemporáneas: Briceida Cuevas Cob (Tepakán, Calkiní, Campeche, 1969), Celerina Patricia Sánchez Santiago (San Juan Mixtepec, Juxtlahuaca, Oaxaca, 1967), Irma Pineda Santiago (Juchitán, Oaxaca, 1974), Sol Ceh Moo (Calotmut, Yucatán, 1974), Fabiola Carrillo Tieco (San Pablo del Monte, Tlaxcala, 1986), Rubí Celia Huerta Norberto (Santo Tomás, Chicholta, Michoacán, 1986) y Nadia López García (Caballo Rucio,Tlaxiaco, Oaxaca, 1992). Como toda antología, es una breve muestra de una amplia y diversa producción poética que, en su conjunto, conforma las literaturas en lenguas indígenas de México.

La multiculturalidad y la pluralidad lingüística de los pueblos indígenas han enriquecido diferentes campos del arte mexicano contemporáneo. El Instituto Nacional de Lenguas Indígenas (INALI) reconoció a través de su Catálogo de las Lenguas Indígenas Nacionales (2008), referente de consulta para la elaboración de políticas públicas sobre la diversidad lingüística, tres categorías: 11 familias lingüísticas, 68 agrupaciones lingüísticas y 364 variantes lingüísticas. En México, estas 68 lenguas indígenas y el español se consideran lenguas nacionales.

En este sentido, la poesía en estas lenguas varía de una región a otra en relación, justamente, con las lenguas en que este género literario, en su dimensión escrita, se ha venido cultivando en los últimos años. Algunas tienen un considerable número de hablantes, o bien, un alto grado de prestigio lingüístico que les ha permitido desarrollar su propia tradición literaria. Es importante destacar que se trata de una escritura bilingüe, en una lengua indígena y en español, traducida por el propio escritor. Esta antología es también una cartografía que expone un breve panorama poético escrito en las lenguas del centro, sur y sureste de México: Michoacán, Tlaxcala, Oaxaca, Campeche y Yucatán. Las autoras pertenecen a diversas culturas, lenguas y tradiciones literarias: maya, mixteca, náhuatl, purépecha y zapoteca.

Mujeres indígenas que escriben desde su sentir individual, en cada uno de sus poemas se puede apreciar el profundo conocimiento de su cultura ancestral; en sus versos resuenan las preocupaciones existenciales, las injusticias, las escenas cotidianas de la migración y la violencia de género. Pero, también, desde su propia cosmogonía se percibe la fuerza de la naturaleza con que se renueva el ciclo de la vida: tierra mojada donde se hunden las raíces. En la lluvia, florecemos en el otro. Los poemas trilingües que aquí se presentan son considerados como los más representativos de sus obras.

II

Las mujeres indígenas que propagan sus conocimientos de boca en boca, tan común en los pueblos ancestrales de Abya Yala, retoman estos saberes de las abuelas, de las madres, de las tías. Ellas son el pilar en la transmisión del idioma: entonan arrullos de protección a sus hijos como lo describe el poema "Chaambelk'aay" / "Suave cántico", de Briceida Cuevas Cob —poeta maya-peninsular de Campeche—, en el que los latidos del corazón materno son el tierno arrullo para el recién nacido. Cuevas Cob es una de las fundadoras de la Asociación de Escritores Indígenas, A. C. (ELIAC). Gran conocedora de su cultura, pone énfasis en la figura femenina maya: de la intimidad de la "na'"/"madre", de la "naj"/"casa", del "yáax tuup"/"primer arete". Es pionera en la incursión de las mujeres en la escritura maya, su obra goza de un amplio reconocimiento a nivel internacional.

En "Tsípekua intspti" / "Dadora de vida" de Rubí Celia Huerta Norberto, poeta purépecha de Michoacán, sus versos refieren a la muerte de la madre durante el parto: *Xáni ka xáni ueratini / Uarhíti uarhísïndi tsípekua intspendi jámani / Junkuasïndi uarhíkuaru uératini* (*De tanto en tanto / una mujer muere cada vez que da vida / muere para dar vida a un nuevo ser*). Experiencia que la misma poeta encarnó al padecer graves complicaciones en el parto de su primera hija. De ahí que su primer poemario se titule *Náandi, pireku ma cheti sapiini / Cantos de una mamá purépecha a su hijo(a)* (2017), una colección de canciones de cuna que se usan para arrullar a los recién nacidos al estilo de la pirekua. Cantos tradicionales que contienen la cosmovisión del pueblo purépecha cuya lengua se habla únicamente en Michoacán.

Los relatos de tintes heroicos o míticos o los sucesos significativos dentro de las comunidades ocupan un lugar privilegiado en la poesía en lenguas indígenas. Estos sucesos se resignifican agregando nuevos elementos: ya no son los dioses quienes guían el camino de los pueblos, sino hombres y mujeres conscientes de sí mismos, de sus desgracias e infortunios. Así lo confirman los poemas escritos en tu'un ñuu savi/mixteco

"Ntuku'unin" / "Memoria" y "Savi", de Nadia López García, en los que una oleada de recuerdos tristes dan cuenta de la lengua silenciada de sus padres. Durante un largo período, las políticas lingüísticas de alfabetización y educación para los pueblos indígenas recurrían a terribles métodos de castigo para negar su lengua e imponer el uso único del idioma español. Nadia Ñuu Savi, como es reconocida la joven poeta en el medio cultural, realiza talleres de creación literaria orientados a la niñez indígena. La lengua tu'un ñuu savi es una de las lenguas con un mayor número de variantes lingüísticas que se habla en una amplia franja territorial: Oaxaca, Puebla y Guerrero.

Celerina Patricia Sánchez Santiago es otra de las singulares voces en tu'un ñuu savi; la poeta emigró muy joven a la Ciudad de México, donde se enfrentó al racismo y la discriminación como lo describe en su poema"itayakú" / "flor silvestre": *kuú tono ita / ñaa nikaku nuu yu'ku / ita yukú / ñaa ti'in ndaaso yiví / nuu ñuu yúù yo'ó / takua koo xoo / nuú yu'ku ka'ni kini (soy como la flor / que nace en la montaña, / flor silvestre / que se aferra a la vida / en este pueblo de asfalto / condenada a sobrevivir / en una selva de concreto) .En Iniíchí / Esencia del camino* (2013), su primer poemario, explora el recorrido cíclico de la vida de las mujeres ñuu savi. El "camino", como es traducida la palabra "ichí" al español, significa la esencia del cuerpo material que no se puede separar del espiritual.

La poesía del Istmo de Tehuantepec, Oaxaca, está representada magistralmente por Irma Pineda Santiago, una escritora que ejerce su oficio con un espíritu crítico y esperanzador. Traductora literaria del diidxazá (o zapoteco del Istmo) al español, ha realizado residencias artísticas en el Centro Internacional de Traducción Literaria del *Banff Centre of the Arts*, en Alberta, Canadá (2004), y en la Casa de Arte Calles y Sueños, en Chicago, Estados Unidos (1998). También es activista y ha sido distinguida con el nombramiento de representante de los Pueblos Indígenas y Afrodescendientes de México, Latinoamérica y el Caribe en el Foro Permanente de la ONU (2020-2022). De su larga trayectoria destacan sus poemarios *Guie' ni zinebe / La flor que se llevó* (2013), cuyos versos denuncian la violencia del Ejército mexicano hacia las comunidades indígenas con las desapariciones forzadas y el abuso sexual hacia las mujeres indígenas, y en *Nasiá racaladxe' / Azul anhelo* (2020) ofrece testimonios de mujeres que han sido víctimas de la violencia de género dentro de las propias comunidades indígenas.

Fabiola Carrillo Tieco, conocedora de los colores de la Tierra, del vuelo de las aves y sus cantos, describe bellísimas imágenes en sus poemas, como “Xochipapalotl”, título sin traducción al español como ejercicio de lectura para sentir las palabras en náhuatl en nuestra boca. Y Sol Ceh Moo, narradora maya-peninsular, demuestra su versatilidad literaria al incursionar en la poesía explorando el cuerpo femenino como territorio del deseo, un territorio simbólico que se materializa en la corporeidad erotizada. Los poemas que aquí se presentan pertenecen a los títulos Cópula con dioses (2019), *Los lamentos del himen (2014) y Niktét'ano'ob tu paak'ilpeel / Mis letras en las paredes de la vagina* (2014).

En conclusión, las poetas en lenguas indígenas son doblemente creadoras, al producir obras paralelas en dos idiomas, en dos estructuras de pensamiento: al traducir su mundo y entablar un diálogo intercultural entre sus lenguas y el español. Estas poetas mantienen una continuidad en relación con la tradición literaria a la que pertenecen, a la oralidad como punto de partida de sus obras. Exploran de manera reflexiva la pertenencia a su cultura ancestral. Además de reafirmar su identidad, de repensar lo indígena en la contemporaneidad, reivindican el significado de escribir en su propia lengua y forman parte orgullosamente de las letras mexicanas.

Susana Bautista Cruz

Escritora de origen mazahua y docente del PUIC-UNAM

目　录

鲁娟

黄芳

布里塞达·库埃瓦斯·科博

你的第一枚耳环

因为你出生了，是个女娃，
母亲从她的心上拉下一根线
穿在你的耳朵上，
作为你的第一枚耳环。

温柔的赞美诗

你没有给你的孩子们买摇篮。
你的手臂轻轻摇晃
让他们紧紧贴着你的胸膛入睡。

或许是因为你知道婴儿
还听不了口中的歌谣。

他们小小而脆弱的耳朵
只听妈妈心脏温柔的赞美诗。

帕克斯节[①]

音乐之子。

你的双手卷成螺号
发出你第一声乐吟。
罐般的孩子裸露着，
太阳为你上色。

青蛙小子
你激起了雨
给竖琴校音
在房上奏出一曲欢乐的眼泪。

调准你的血管，低音弦，和着血的节拍弹拨。
绷紧你鸣响的胸鼓，给欢乐的华尔兹伴奏。

在院里吠叫的空罐上敲出 la 音。

---

① 帕克斯节大约在 5 月 13 日至 31 日之间，是祈求战争胜利的节日，帕克斯原意为“鼓、音乐、乐器”。

打那口老锅的屁股

让它发出干脆的金属声。

让它为重生而尖叫，

从厨房到院子，

从院子到你童年的舞台。

并以锅盖作镲，为这场天气的呼啸作结。

来吧

生于五月的

音乐之子帕克斯，

拔掉沉默的耳塞，

打破风的鼓膜。

公平

祖父常讲：

“我们的神曾经说过

在来世，那些极其大男子主义的人

会带着女人的性器官重生

以体验他们向女人做过的事情。”

“问题是，”祖父反思道，

“他们或许喜欢这样。”

（肖钰涵　译）

POEMAS DE BRICEIDA

CUEVAS COB

(maya peninsular)

A YÁAX TUUP

Tumen chan ch'up síijikech,

a na'e' tu jíiltaj jun t'i'in u bek'ech suumil u puksi'ik'al

ka tu julaj ta xikin a yáax tuupintej.

CHAAMBEL K'AAY

Teche' ma' ta manaj u yúunbal xaakil u wenel a paalal.

A k'abo'ob yúunt uti'al u wenelo'ob tak'akbalo'ob ta tseem.

Mi tumen a woojel chichan paalal

mina'an u xikino'ob utia'al u yu'ubiko'ob u k'aay chi';

u chan muunmun xikino'ob

chen u ki' ki' chaambel k'aay u puksi'ik'al u na' ku yu'ubiko'ob.

Winal Paax wa k'eex (mayo 13 a mayo 31)

Paal Paax.

A k'abe' tu wolubaj ju'il
yo'olal u jóok'esik u yáax juum yéetel u yáakam.
Paal chan chaknuul p'uul bona'an men k'iin.
Muuch paal
ka p'aayt'antik cháak
ka talak u t'es u p'eenkech suumil u paax
ti'al u paxik jump'éets' jats'uts paax yéetel u síis óolil u yok'ol yóok'ol naj.
T'es a xiich'ej, a paax, ka pax je' bix u yáalkab a k'iik'el ta wíinklil.
Bis u peek u yóok'otil a ki' ki' jujuts' ook tu keetil u juum a tseem ka banban jats'ik.
Láan jats't le laata ku jajauch'itik u joolil ich táankab
Láanjats u p'uk yiit' le xla' kuumo'
yo'olal u cháalk'atik u tsilin u máaskab tikin juum.
Beet u yawat ok'tik u ka' síijil,

u k’a’asik luk’ik yaalannaj ka jbin u balk’aláankal ich táankab,

ti’ ich táankab bix na’akik tu ka’anche’il a paalil.

Tu ts’ooke’ tíixjats’t u jayach maak kuum ku ch’e’ej bek’ech juum.

Ko’ox túun

paal paax

sija’an tu winalil paax,

jáanjk’at u ba’alil u xikin áak’ab cha’ana’an,

xik pa’ ti‘ iik’ u muunil u ts’u’ u xikin.

Keetil

Tu k'iinil le ka'apul kuxtalo' —Kitak nool—

Ichil u yaalmaj t'aane' Yuum K'uje' tu ts'aj ka óojelta'ak

tu láakal le máaxo'ob jach xiib tu yu'ujiloba'alo'obo'

bin jel ka' síijiko'ob yéetel u yiit xch'up

yo'olal u yu'ubiko'ob ba'ax tu seen beetajo'ob ti' ko'olelo'ob.

U toopile' —tu ya'alaj nool ichil u jeets' tuukul— ma' xan

ka utschak tu t'aano'obi'.

POEMAS DE BRICEIDA
CUEVAS COB

TU PRIMER ARETE

Porque naciste hembra,

tu madre jaló un hilo de su corazón

y te lo enhebró en la oreja como tu primer arete.

SUAVE CÁNTICO

Tú no le compraste cuna a tus hijos.
Tus brazos los arrullaron para que durmieran repegaditos a tu pecho.
Quizá porque sabes que los bebés
no tienen oídos para escuchar el canto de la boca;
sus pequeñísimos y frágiles oídos
sólo oyen el suave cántico del corazón materno.

Mes Paax [tocar] o k'eex [cambiar] (mayo 13 a mayo 31)

Niño músico.

Y tus manos se hicieron caracol
para emitir tu primer gemido musical.
Niño cántaro desnudo pintado de sol.
Chiquillo rana
que incitas a la lluvia
a templar su arpa
y ejecutar una pieza de alegres lágrimas sobre la casa.
Afina tus venas, cuerdas de bajo y tócalo al compás de tu sangre.
Tensa el bongó de tu pecho sonoro y acompaña el vals del jolgorio.
Da la nota la en la lata que ladra su oquedad en el patio.
Dale de nalgadas a la olla vieja
para que suelte su sonido de zinc seco.
Hazle chillar por su renacimiento,
por su paso de la cocina al patio,
del patio al escenario de tu infancia.

Y remata el chasquido climático con tu címbalo tapa de olla.

Ándale,

niño Pax músico

nacido en mayo,

arráncale los audífonos al silencio,

rómpele los tímpanos al viento.

Equidad

Nuestro Dios dejó dicho — decía el abuelo—

que en la otra vida, aquellos que se sintieron muy machos

resucitarán con genitales de mujer

para que sientan aquello que les hicieron a las féminas.

El problema —reflexionaba el abuelo—, es que tal vez les guste.

作者简介：

布里塞达·库埃瓦斯·科博，诗人，1969 年 7 月 12 日生于墨西哥坎佩切州卡尔基尼市。曾就读于贸易专业。墨西哥土著语言作家协会创始人之一。1999 年至 2002 年，担任墨西哥土著语言作家社会的职业培训及语言教学负责人。曾多次参加国内和国际文学交流活动，主要包括 2001 年哥伦比亚民族诗歌交流活动和法国瓦勒德马恩国际诗人双年展，2002 年荷兰国际诗歌节以及 2003 年哥伦比亚麦德林第十二届诗歌节。曾在国内、国际多种报刊上发表诗歌。分别于 1996 年和 2002 年获得墨西哥国家文化艺术基金会提供的支持土著语言作家项目的奖金资助。她所创作的玛雅语诗歌收录于以下选集中：《花朵与歌唱：墨西哥南部的五位土著诗人》、《当代玛雅语诗歌》以及《美洲土著语言——诗歌朗诵会》（墨西哥国立自治大学，墨西哥多元文化项目，2005）。

汉文译者简介：

肖钰涵，北京大学外国语学院西班牙语语言文学专业 2020 级硕士研究生。

西班牙文译汉文审读：

Mónica Alejandra Ching Hernández（陈雅轩），北京大学外国语学院西葡语系 2020—2021 年外国专家。

Briceida Cuevas Cob (Tepakán, Calkiní, Campeche, 1969). Escritora maya. Ha recibido varios reconocimientos y es miembro correspondiente en Campeche de la Academia Mexicana de la Lengua. Autora de libros como *U yok'ol auat pek' ti kuxtal pek' / El quejido del perro en su existencia* (1995), *Je' bix k'in / Como el sol* (1998) y *Ti'u billil in nook' / Del dobladillo de mi ropa* (2008). Forma parte del Sistema Nacional de Creadores de Arte.

索尔·塞·穆

组诗：神媾（节选）

月亮已经离轨
鸟儿沉默了它们的羽毛
无光之水，无天之日
预兆成真
我们像回忆一样透明
你触摸我，你使我随风消逝
生命变成了森林的灰烬
我的心坠地
我在寻找，这寻觅消耗着我
我逃遁，四分五裂，抽筋拔骨
我行走，没有外形，没有记忆。

当山顶出现强光
世界才会显现：

创造永不衰灭的生命之火！
创造没有石头可以变道的水流！

创造友谊之路！
创造爱栖居的墙！

只有同另外的灵魂一起，我们才会存活
才会使存在在场：

通过你，世界更加明晰
我的手从你的明澈上升
你是拥有成千房间的建筑
我打开你，如开启敞开的门
在走上时间的阶梯后
我在世界的出口发现你
坠入你出现的刹那
你是淹没我的所有诗句
你是万象，但
我想不起你的任何一个名字，你，
巴尔扎克、依兹奇克[①]、梅兹特里[②]、哥伦布
你是那生物，引领我
至失眠的圆形庭院。
你是再现的杯

① 依兹奇克是玛雅神话中地府首领之一的女儿，为玉米神生下两个儿子。
② 梅兹特里是墨西哥神话中的月亮女神。

是墨西哥街头清新的雨。

神圣的火在我内心升起
我燃烧而不被消耗，我是水
而在你眼里，我是你雕凿的石
我以你的形象仿造。

爱是世界的工匠
他亲手制造了你的心脏
你是神为了存续和更新
而敞开的门。

对你来说，墙都是倾倒的
没有光可以避开的角落
太阳在灵魂内闪耀
从你身上拔下，在我身上播种
而我们使这个世界
存在的清泉复盈

组诗：我阴道壁上的诗（节选）

九岁

过了八岁
我九岁了
痛，好痛
纯洁的玻璃破碎
母亲节
恐惧、痛苦
每天疼痛加剧
我换了皮肤
曾经有的
被恶念的力量
撕裂
十六比索
为了妈妈的礼物
享受动物的獠牙
它躺在天鹅绒上
因幼小而透明

打破它，挤压它

让灵魂哭泣

生命的内部使人痛苦

离开，为了妈妈的礼物

离开，因为恐惧

不安

痛苦

孤独

纯洁沉睡

怨恨降生

离开了

被母亲节改变了

房间是悲伤的

被涂成了红色

怨恨加深了

在黑色的手中

触碰球面

并打破它

每天都在打破它

直至新月的出生

九岁了……

组诗：处女膜的哀歌（节选）

赠品

你分割我的年龄，赠送给他人
你分割我的生命，赠送给他人
你分割我的心，赠送给他人
赠，赠，赠……
或许你想过给我一片我自己？
或许我值得与我分享，
我的心、我的岁月、我的生命
给我自己？

重生

我从世间回来了
无脚、无手
没有眼，去向后看
没有嘴，去重复
罪人的沉默；

我从世间回来了
真的
并带来了世间的记忆
为了永恒空无中的
欢愉；
我回来了，并且门
仍然敞开
因为风
念着你的名字
吹到桌上
那里我放着
就像放在花瓶里
我的心。

（肖钰涵　译）

POEMAS DE SOL CEH MOO

(maya peninsular)

Aanalte'iliik'ilt'áan: Cópula de Dioses

LXIV. Melus

I

Uuje' jok'a'an tu naajil
ch'iicho'obe' ma' tu jum u k'uk'umilo'ob
ma' saasil ja', k'iin mina'an ka'analtio'ob
ba'ax túukulta'abe', ku jajkunchajal
taj saasilo'ob bey jun p'éel k'aasajil
ka tuntken, ka k'ubiken ti' iik'al
kuxtale' bey jun p'éel noj k'áax chen ta'anil
in puksi'ik'ale' lu'ubten yo' lu'um
kin kaaxan, ichil in kaaxane' kin bin in kimil
kin molkinbaj ich xet'omalo'ob, ma' baakelil
ku bin in xíimbal bey mix ba'alen, x ma' túukul.

Kaabe' chen ku chíkpajal chen ti' máax ku
kaxtik, ku bin tun u saasilchajal tuláakal k'áax:

¡ts'aabak jun puli' ka t'aabak kuxtal, ja'
ma' tu beytal u tu'ubul, mix tuunich ku loochej!

¡Béetchajak u beejil tia'al etailo'ob
paak'ilo'on tu'ux ku kuxtal yaabilaj!

Chen yéetel u jel óol k tia'ano'on waye'
beyo' ku chíkpajal tuláakal ba'ax najmal u yi'ilpajal:

Ta wo'olale' tuláakal yook'ol kaabe' ku saasilta'al
In kaabe' ku bin u baayik u saasil a winkilalil
jun p'éel naajilech ya'ab u tuuk'ilo'ob
kin je'ektech in jolil mina'an pixil ti'
bey ts'ó'ok in xíimbaltik u beejil k'iino'ob
tu jolil kaab kin wilkech
kin jayk'ajal ich jun súutuk ta aktanil
tuláakal iik'ilt'aanil ku lu'usik in wik'al
teeche' tuláakal t'unilo'ob wa mix ba'al
ma' tu k'ajalten a k'aaba', téech,
Balzac, Ixquic, Metztli, Colombino
chen téech ka béetik ka xi'iken tu wolis beejil

táankab tu'ux ma' tu beytal weenel.
U luuchen tu'ux kin ka'a síijil
siis llevel ti' jun p'éel beejil tu káajil México.

Tin jobnele' ku bin u síijil jun p'éel k'iliich k'aak'
kin bin in weelel, ba'ale' ma' tin chichantal, ja'en
ta wicho'obe' jun p'éel tuunichen ka bin a jats'uts'kintik
beetaja'anen je'e bix teche'.

Yabilaje' leti' ku jet'ik tuláakal yok'ol kaab
u yal k'abo'ob tu meyajto'ob a puksi'ik'al
u jolnajech naajil tu je'aj wíinik
u tia'al ka p'aatak bey xan ku ma'alobkintubaj.

Ta wo'olale' tuláakal paak' ku jutul
mina'an tuuk'il tu'ux ma' tu paakat saasil
k'iine' ku lelembal ich u yóol máak
jok ti' teech wa pak' tin ichil
ka beyak u ka ya'axbenkuntik yok'ol kaab
u beejil ja'il ku ki'kuntik k kuxtal.

Poemario “Mis Letras en las paredes de la vagina”

X. Bolón ja’ab

Bolón ja’ab
Tin chukaj waxák jabo’ob
Ka mane ti’ boón ja’ab
Ku ki’ina’an, jach yaj u k’inan
Xikchaj u pixil sujuy
Maank’inalil na’tsilil
Sajkil, muk’yaj
Ya’ab muk’yaj sáansamal
Ku jelpajal in wot’el
Jata’an
Tumeen u muk’il
K’aasil túukul
Wak lajun peso’ob
Jun p’éel siibal tia’al in na’
U ki’ichajal u kóoj ba’alche’e’

Ku jaykubaj tu yook'ol jats'uts' nook'

U nook'il sujuyil paal

Ku ja'atal, ku cha'achal

Ku béetik u yook'ol k wóol

Ku muk'yaj u chunil kuxtal

Paalile' bin

Tu yo'olal jun p'éel siibal ti' na'tsilil

Bin tu yo'olal sajkil

Ka jats'ak

Sajkil

Muk'yajil

Tu junal

Chan ch'uupal

Sujuyil weeníj

Ku síijil p'eek

Ts'ó'ok u bin

Bin u jelpajal

Tu yo'olal u mank'inalil na'tsilil

Kúuchil xooke'

Tun muk'yaj

Tu bonubáj chaakil

P'eeke' k'uch tak

U boxel u k'abo'ob

Leti' ku machíl woolise'

Ku pa'ik, ku pa'ik sáansamal

Tak tu k'iinil ka síijik túumben uuj

Bolón ja'ab…

Poemario “Los lamentos del himen”

IX. Síibal

Ta xot’aj in nojchil tia’al a k’ubik ti’ u jel máak
ta xot’aj in kuxtal tia’al a ts’aik ti’ u jel máak
ta xot’àj in puksi’ik’al tia’al a ts’aik ti’ u jel máak
xot’najech, xot’najech, xot’najech…
Ta túukultaj a ts’aik jun xet’ ti’ téen
ku beytal ka’ach in k’ubikimbaj ti’ téen
in puksi’ik’al, in nojchil, in kuxtal, teen.

I. Ka’asìijil

Ka’a taalen yook’ol kaab
mina’an in wook, mix in k’aab
mix in wicho’ob ka paaknaken paachil
mix in chi’ ku ka’a ya’al
ba’ax ma’ tu ya’alik màax yàan u siip’il;
ka’a taalen yok’ol kaab

jach jaj

bey xan kin taasik k'aasajilo'ob

u tia'al u ki'imak òolil

tu'ux mantats' mix ba'al yaan;

suutnajen, le jool naajo'

p'aat ma' k'aali'

tumeen le iiko'

ku ya'alik a k'aaba'

tak ti' mayakche'

tu'ux in jets'máj

in puksi'ik'al

bey u nuukulil tia'al loolo'ob.

POEMAS DE SOL CEH MOO

Poemario: Cópula de Dioses

LXIV. Melus

I

La luna se ha salido de su órbita
los pájaros silencian su plumaje
agua sin luz, días sin firmamento
los presagios se han vuelto realidades
somos transparentes como un recuerdo
me tocas y me deshaces con el viento
la vida se ha vuelto un bosque en cenizas
se me ha caído el corazón al suelo
busco, en el buscar me voy consumiendo
me recojo en pedazos, deshuesada
y camino sin forma, sin memoria.

El mundo sólo es visible al que encuentra
y ocurre un deslumbramiento de montes:

¡hágase el incendio de la vida, agua
sin ocaso ni piedras que la curven!

¡Hágase el camino de la amistad
las paredes donde el amor habita!

Sólo con otro espíritu existimos
y se hace presente toda presencia:

a través de ti el mundo es más claro
mi mano sube por tu transparencia
eres un edificio de mil cuartos
te abro como la puerta descubierta
después de andar la escalera del tiempo
a la salida del mundo te encuentro
caigo en el instante de tu presencia
eres todos los versos que me ahogan
eres todos los signos y ninguno
de tu nombre ya no me acuerdo, tú,
balzac, Ixquic, Metztli, Colombino
eres la criatura que me conduce

al patio circular de los desvelos.
Eres la copa del resurgimiento
lluvia fresca en una calle de México.

Crece en mi interior la llama divina
me quemo sin consumirme, soy agua
y en tus ojos soy piedra que cincelas
soy hecho a tu imagen y semejanza.

El Amor es el artesano del mundo
sus dedos construyen tu corazón
eres la puerta que el Ser ha abierto
para permanecer y renovarse.

Por ti las paredes son derribadas
no hay rincón que la luz pueda evitar
el sol brilla en el interior del alma
arráncalo de ti, siémbralo en mí
y hagamos que en el mundo reverdezca
el manantial fresco de la existencia.

Poemario "Mis Letras en las paredes de la vagina"

X. Nueve años

Pasé de los ocho

Cumplí nueve años

Duele, duele mucho

Se ha roto el cristal de la inocencia

Día de la madre

Temor, dolor

Dolor más fuerte cada día

Cambio de piel

La que tenía

Ha sido rasgada

Por las fuerzas del pensamiento malvado

Dieciséis pesos

Un regalo para mamá

El disfrute de los colmillos del animal

Se posa sobre el terciopelo

Transparente de la niñez

La rompe, la mazguye

Hace llorar el alma

Sufre el interior de la vida

Se fue por un obsequio a mamá

Se fue por el temor

Inseguridad

Sufrimiento

Soledad

Se duerme la inocencia

Nace el rencor

Se ha ido

Fue cambiado

Por un diez de mayo

El salón está triste

Se ha pintado de rojo

El rencor ha profundizado

En manos negras

Que tocan la esfera

Y la rompen

La rompen cada día

Hasta el nacimiento de la nueva luna

Nueve años…

Poemario "Los lamentos del himen"

IX. Dádiva

Dividiste mi edad para dársela a otro
dividiste mi vida para dársela a otro
dividiste mi corazón para dárselo a otro
dividiste, dividiste, dividiste…
¿Acaso pensaste en darme un pedazo de mi?
¿acaso yo merecía compartir conmigo,
el corazón, mis años, mi vida, a mí?

I. Renacer

He vuelto del mundo
sin pies, sin manos
sin ojos que miren hacia atrás
sin boca que repita
el silencio de los condenados;
he vuelto del mundo

es verdad

y traigo recuerdos del mundo

para el regocijo

del vacío eterno;

he vuelto y la puerta

se ha quedado abierta

porque el viento

pronuncia tu nombre

hasta la mesa

donde he puesto

como en un florero

mi corazón.

作者简介：

索尔·塞·穆，玛雅语诗人、散文家、小说家、编年史家。尤卡坦自治大学教育学学士，墨西哥阿里阿特大学法学学士，也曾学习双语跨文化教学和玛雅语笔译与口译。著有三本著作。2014 年获得内萨瓦尔科约特尔墨西哥土著语言文学奖，2007 年获得阿尔菲德罗·巴雷拉全国大学生文学大赛奖。因其学术成就，被提名为“阿尔菲德罗·巴雷拉讲坛”的荣誉成员，2019 年第七届美洲土著文学奖获得者。她在玛雅人聚居州举办文学创作工作坊，并担任《蓝色鬣蜥》杂志的出版顾问。

汉文译者简介：

肖钰涵，北京大学外国语学院西班牙语语言文学专业 2020 级硕士研究生。

西班牙文译汉文审读：

Mónica Alejandra Ching Hernández（陈雅轩），北京大学外国语学院西葡语系 2020—2021 年外国专家。

Sol Ceh Moo (1974). Conferencista, narradora, poeta, ensayista, compositora y periodista maya peninsular. Licenciada en Educación y en Derecho, y maestra en Derechos Humanos. Autora de varios libros, forma parte del Sistema Nacional de Creadores de Arte. Ha recibido los siguientes reconocimientos: Premio Alfredo Barrera Vázquez (2007, 2008 y 2010), Premio de la Bienal de Literatura (2011), Premio Nezahualcóyotl (2014), Premio ficmaya de Novela (2016) y Premio de Literatura en Lenguas Indígenas de América (2019).

娜迪亚·洛佩斯·加西亚

眼睛

妈妈说我的眼睛像曾祖母
我还记得当她洗玉米时的双眼

我见她哭过好多次
做饭时哭
唱歌时哭
准备咖啡时哭

真的，我问她，妈你为什么总哭？
她总这样回答我，哭着
因为我们女人身体里有河
有时候它们会流出
你的河还没长大
但不久就会

现在我全明白了
现在我的身体里，我的眼睛中
也有了河

恶风

恶风从我的嘴巴进入
由两胯向下，碰到我的双足

需要更多的雨水

爸爸说我们女人不做梦
要我去学习做玉米饼和咖啡
学着保持沉默
说女人们不写作
我是那个曾为离别
远方和恐惧哭泣的女孩

今天我在高处说出自己的名字
我是个像鸟一般的女人
是粒能开花的种子
词语是我的翅膀
是我湿润的土地

黑蚁

恐惧有
我们仍未了解的面孔

它有不同的方式
来吃掉我们的脸
与声

它让你忘记词语
声音
和圣地

恐惧是一摊干涸的烂泥
让我们的眼睛痛苦
将我们的舌头绑住

它让你忘记那些母亲的痛哭
没能再望向子女的
眼睛的她们

没能找到一个地方
来安放
苦楚的她们

它让你忘记那些祖辈的愤怒
曾被夺去土地的他们
曾被风吹倒的他们
像鸟一般
没有记忆

恐惧让你忘记
那些民族的悲伤
曾被迫沉默的它们
曾如阳光下被割断
并死去的草的它们

我梦到了黑蚁
它们列队前行
嗥叫着
满是鲜血的土地
所感受到的恐惧

我梦到了

预示结局的黑蚁

记忆

死亡闻起来是什么味道？
你说着，
同时变得悲伤，父亲。

雨会是什么颜色？
你问着，
同时在你的喉咙里
一份古老的愤怒沙沙作响。

在你的耳朵里从未回响过
你初始之根的声音，因为你曾是
未被走过的路，没有声音的鸟
石灰做成的记忆。

因为人们截断了你的言语
并在你的舌头下播种恐惧
和沉默。

（刘浩哲　译）

POEMAS DE NADIA LÓPEZ GARCÍA

(tu'un ñuu savi / mixteco)

Ntuchinuu

Me mayu kachi ñaa naan ntuchinuuu matsa’nu.

Ntakuiniyu nishikaa ntuchinui mini katsi ñaa nuni.

Keenchua ntisiniyu ña tsaakuña kuaku,

sansoo tsaakuña ta seei ncheei

ta kata,

ta skai cafe.

Nintakatuuñaa nuvaa, ¿sakunchuaku maa?

Kasha ña sicaso yuha inikó kuaku:

yeenu kanara

nchaa’ka kuanu yuchaku.

Vichi kuñaa nikunta ini yuu

Vichi sika yucha iniyu

ra me ntuchinuu.

Kue'e tachi

Yu'u kuaki'vi kue'e tachi,
kinuú tokó me ra ke'e me tsa'a.
Kumani savi.

Me pa kachi ñá'an koo iin má'na,
yee kutu'uu staa ra cafe
yee kutu'uu mee koo kachi.
Me pa kachi koo chaa ñá'an
mee nanalu kuaku koo ña'an,
nutsikaá ra yu'ú.

Vichi kachi me siví antivi,
mee saa ñá'án,
ntiki tsaa.
Tu'un me nchacha
me ñu'ú vixo.

Choko ncha'i

Yu'ú íín nùù
mee koi kunchee.

Íín katsu nùù ra yu'u tu'un.

Koi ntuku'un ini tu'un,
kata ra yee ìì.

Yu'ú nchá'i ichi
ìì ntuchinuu
ra chikatu tu'unku.

Koi ntuku'un ini nchanùù maa
koi kunchee
ntuchinuu si'i,
koi tu'va
nchii kuaku tuisiku.

Koi ntuku’un ini saá me patsa’nu
ra matsa’nu kachi kua’an ñu ‘úku
ra stuva tachi
saa koi ntaka’an.

Koi ntuku’un ini kukana
ntí’o ñuu
koi íín ntusu
ra kù’ù kan’cha
ra ntìì nikanchii.

Mee mà’na choko ncha’i,
káka ichi ntika
ra kana yu’ú ñu’ú
niì yava.

Mee mà’na choko ncha’i,
ntí’ì ñu’ú.

Ntuku'un in

¿Tsa'an ntìì?,

kachi,

paa, ta sa'a tutsi ana.

¿Ñantaka'i savi Íín?,

ntakatu'un,

ta suku kaxi

in tutsi ña nii.

Miki so'ó chaku tu'un

yo'oku in, paa ntsa'ùn ichi

koo kákaku, saa koi tu'un,

ntuku'un in nikiku kàkà.

Kan'cha tu'unku

ra yu'u chi'i yu'ú,

koo ní'i, koo tu'un.

POEMAS DE NADIA LÓPEZ GARCÍA

OJOS

Mi madre dice que tengo los ojos de mi bisabuela,
recuerdo sus ojos mientras limpiaba maíz.

Muchas veces la vi llorar,
llorar cuando cocinaba,
cuando cantaba,
cuando ponía café.

Es cierto, le pregunté ¿por qué lloras tanto, ma?

Y ella me decía, así, sin dejar de llorar:
porque nosotras tenemos ríos adentro
y a veces se nos salen,
tus ríos aún no crecen,
pero pronto lo harán.

Ahora lo comprendo todo,
ahora tengo ríos en mí
y en mis ojos.

VIENTO MALO

Me entró por la boca el viento malo,
bajó por mis caderas y tocó mis pies.
Hace falta más lluvia.

Mi padre dice que las mujeres no soñamos,
que aprenda de tortillas y café
que aprenda a guardar silencio.
Dice que ninguna mujer escribe,
soy la niña que lloró la ausencia,
la lejanía y el miedo.

Hoy digo mi nombre en lo alto,
soy una mujer pájaro,
semilla que florece.
Las palabras son mis alas,
mi tierra mojada.

HORMIGA NEGRA

El miedo tiene rostros
que aún no conocemos.

Tiene maneras distintas
de comernos la cara
y la voz.

Te hace olvidar palabras,
voces
y lugares sagrados.

El miedo es un lodo seco
que nos duele en los ojos
y nos amarra la lengua.

Te hace olvidar el llanto de las madres
que no han vuelto a mirar
los ojos de sus hijos,

que todavía no encuentran
dónde poner
su dolor.

Te hace olvidar la rabia de los abuelos
que fueron despojados de sus tierras
y derribados por el viento
como pájaros sin memoria.

Te hace olvidar la tristeza
de todos los pueblos
que fueron silenciados
y que fueron como hierba que se corta
y muere al sol.

He soñado hormigas negras,
caminan en procesión
y aúllan el miedo
que siente la tierra
por tanta sangre vertida.

He soñado hormigas negras
que presagian el final.

MEMORIA

¿A qué huele la muerte?

decías,

mientras te hacías tristeza, padre.

¿Qué color tendrá la lluvia?

preguntabas,

mientras en tu garganta crujía

una rabia ya antigua.

Jamás en tus oídos retumbó la voz

de tu primera raíz, porque fuiste camino

no andado, pájaro sin voz,

memoria hecha cal.

Porque cortaron tu palabra

y bajo tu lengua sembraron miedo,

silencio.

作者简介：

娜迪亚·洛佩斯·加西亚，1992年生于墨西哥瓦哈卡州。凭借《潮湿的大地》一书获得2017年原住民语言文学创作"小嘲鸫"奖。曾获得2015—2017年度墨西哥语言文学基金会诗歌专项奖金资助。曾在《内陆》、《起点》（墨西哥国立自治大学）、《诗歌报》（墨西哥国立自治大学）、《文学主题与流派》（墨西哥自治大学）、《劳动报》、《国家》、《十六札》、《诗歌圈》、《书籍美洲》、《再刻》（西班牙塞维利亚）发表作品。著有《鹿之径》（墨西哥国立自治大学文学部）和《火车》（阿尔马迪亚出版社）。

汉文译者简介：

刘浩哲，北京大学外国语学院西班牙语语言文学专业2020级硕士研究生。

西班牙文译汉文审读：

Mónica Alejandra Ching Hernández（陈雅轩），北京大学外国语学院西葡语系2020—2021年外国专家。

Nadia López García (La Soledad Caballo Rucio, Oaxaca, 1992). Poeta bilingüe tu'un savi-español. Fue becaria de la Fundación para las Letras Mexicanas de 2015 a 2017. Es miembro de la Latin American Studies Association (lasa). Autora de los poemarios Ñu'ú vixo / Tierra mojada (2018), Tikuxi kaa / El tren (2019), Isu ichi / El camino del venado (2020) y Las formas de la lluvia (2021). Ha recibido los siguientes reconocimientos: Premio a la Creación Literaria en Lenguas Originarias Cenzontle (2017), Premio Nacional de la Juventud (2018), Premio de la Juventud Ciudad de México (2019), Premio Casa de Literatura para Niños (2020) y Premio Mesoamericano de Poesía Luis Cardoza y Aragón (2021). Textos suyos se han traducido al árabe, inglés, francés, bengalí, hindi y catalán.

伊尔马·皮奈达·圣地亚哥

我是土地的女人

被开垦的土地
被撕裂的土地
被损伤的土地
被侵犯的土地
因她的姐妹们而受伤的土地
不愿被恨意所耕犁的土地
不愿滋长痛苦的土地
不愿结出苦果的土地
想荒芜的土地
想哭泣的土地
不愿再流血的土地

如果你说

如果你说太阳，我便看见大火

如果你说火，我相信是月华

如果你说血，我就是在午后止息的暴风雨

如果你说土地，我便呼吸着你眼中的光芒

如果你说海，我便是焦渴、痛苦和蜂蜜

如果我说盐、爱、海和太阳

你说河流

而我将变成石头

怀旧之情

怀旧之情不会变成脚下的水
不会骑上马背
任它将自己带到心的远方
它留在这里
一动不动
紧附着伤痕累累的肉体
痛饮眼泪
使我们的血液激荡。

怀旧之情不会消散
如川之水
汇流成海
撩人心弦。

在这里死者已不再被埋葬

在这里死者已不再被埋葬——就这样吧
你相信他们会被风吹到土地之下并被遗忘
就像在教堂的长凳上留下一顶帽子一样吗？
在这里死亡有所不同
在这里它是温柔的夫人
把众魂的宁静抱在胸前的夫人
无上尊贵的夫人
世界的四臂之夫人
九级阶梯之夫人
最终居所的掌管者
九片土地之主
生命永恒的夫人。

（陈方骐　译）

POEMAS DE IRMA PINEDA SANTIAGO

(diidxazá / zapoteco del Istmo)

Gunaa yu nga naa

Gunaa yu nga naa

Yu zuxale' ndaga

Yu ni guchezacabe laa

Yu ni gucaná

Yu ni riguiñentaacabe

Yu ni cayuuba laa ca gunaa

Yu ni qui na' gendanadxaba' guni dxiiña' laa

Yu ni qui na' gudxiiba' yuuba

Yu ni qui na' gudii cuananaxhi nandá

Yu ni nuu guibidxi

Yu ni nuu gu'na'

Yu ni ma qui na' guxii rini

Pa guiniu'

Pa guiniu' gubidxa ruuya guendaricaguí

Pa guiniu' guí ruuya xpele beeu

Pa guiniu' rini naa naca' ti nisaguié ró' suhuaa huadxí

Pa guiniu' yú ricala'dxe' biaani' lulu'

Pa guiniu' nisadó' naa naca guendariati nisa, xizaa ne dxiña
yaga

Pa naa guinie' sidi, guendaranaxhii, nisadó', gubidxa

Lii riniu' guiigu'

Ne naa raca ti guié

Xilase qui raca nisa…

Xilase qui raca nisa xa ñee binni
qui rigui'ba deche mani'
ni nuxale' laa ladxido'
Riaana rari'
naaze dxiichi'
gui'di' lu beela nanná
caye' nisa ruuna binni
ne rusiayasi rini.

Xilase qui rié di'
sicasi rié nisa guiigu'
laa raca ti nisado'
qui ria' rixubiyú laanu.

Rarí qui rigaachisi…

Rarí qui rigaachisi gue'tu' ne ma'

Ñee nalu' rilásicabe ndaani' yu ne riaandacabe

sicasi nusiaandu' ti ziñabanda' lu ti bangu' yu'du' la?

Rarí guendaguti gadxé si laa

rarí nácabe gunaa ni ranaxhii

gunaa ni rusigapa guenda

gunaa nandxo'

gunaa rapa guidapa' ná' guidxilayú

gunaa riete ga' ndaa xha'na' yu

xpixuaana' yoo ba'

ni runi sti' ga' bia'

gunaa ni rapa guendanabani

POEMAS DE IRMA PINEDA SANTIAGO

Mujer tierra soy

Tierra abierta

Tierra rasgada

Tierra lastimada

Tierra violentada

Tierra que se duele por sus hermanas

Tierra que no quiere ser arada por el odio

Tierra que no quiere engendrar dolor

Tierra que no quiere dar frutos amargos

Tierra que se quiere secar

Tierra que quiere llorar

Tierra que ya no quiere sangrar

Si dices

Si dices sol veo el incendio

Si dices fuego creo en la llamarada de la luna

Si dices sangre soy tormenta parada en la tarde

Si dices tierra suspiro el brillo de tus ojos

Si dices mar soy sed, angustia y miel

Si digo sal, amor, mar, sol

Tu dices río

Y me convierto en piedra

La nostalgia no se hace agua…

La nostalgia no se hace agua bajo los pies
no se sube al lomo de ningún caballo
que la lleve lejos del corazón
Se queda aquí
aferrada
asida a la doliente carne
se bebe las lágrimas
y nos alborota la sangre.

La nostalgia no se marcha
como el agua de los ríos
se vuelve un mar
que nos arrastra implacable.

Aquí los muertos…

Aquí los muertos no se entierran nomás y ya
¿crees que se avientan a la entraña de la tierra y se olvidan
como dejar un sombrero en la banca de una iglesia?
Aquí la muerte es otra cosa
aquí es señora amorosa
señora que guarda en su seno el reposo de las almas
señora venerable
señora de los cuatro brazos del mundo
señora de los nueve escalones
gobernanta de la mansión final
dueña de los nueve palmos
señora de la vida eterna

作者简介：

伊尔马·皮奈达·圣地亚哥，联合国土著民族事务常设论坛代表，译者、教师，原住民族权利的支持者、捍卫者。1974年生于墨西哥瓦哈卡州胡奇坦·德·萨拉戈萨市。著有《红色愿望》《被带走的花朵》《乡愁不会像河中流水般离去》以及《怀念大海》。曾在墨西哥、美国、意大利的日报、杂志、选集中发表文章。她的作品已被翻译为英语、意大利语、德语、塞尔维亚语、俄语和葡萄牙语。

汉文译者简介：

陈方骐，北京大学外国语学院西班牙语语言文学专业2020级硕士研究生。

西班牙文译汉文审读：

Mónica Alejandra Ching Hernández（陈雅轩），北京大学外国语学院西葡语系2020—2021年外国专家。

Irma Pineda Santiago (Juchitán, Oaxaca). Poeta, ensayista y traductora binnizá. Profesora en la Universidad Pedagógica Nacional, unidad 203, y asesora en el Congreso Federal. Ha sido becaria del fonca y del Sistema Nacional de Creadores de Arte. Autora de numerosos libros bilingües, como *Chupa ladxidua' / Dos es mi corazón* (2018) *Naxiña' rului' ladxe' / Rojo deseo* (2018), y *Nasiá racaladxe' / Azul anhelo* (2020). Sus ensayos han sido publicados por la Universidad de Siena, la Dirección General de Culturas Populares y El Colegio de Guerrero. Desde hace casi dos décadas coordina las actividades de la Biblioteca Popular "Víctor Yodo" en la 7ª Sección de Juchitán, junto con su madre y su hermano. Fue electa por el Consejo Económico y Social de las Naciones Unidas como integrante del Foro Permanente sobre las Cuestiones Indígenas de la ONU para el periodo 2020-2022. Fue presidenta de Escritores en Lenguas Indígenas, A. C.

塞莱丽娜·帕特里西娅·桑切斯·圣地亚哥

野花

我像朵
长在山上的花
一朵野花
在这个沥青村庄中
顽强生长
在一片混凝土密林中
　　　被迫幸存

疯狂

疯狂刺激我们活下去
微笑是它的简单运动
它撕下乏味日常中
生命的序曲
是情感的河流下
赤裸皮肤上的文身
是撕裂细胞的实验
是被禁止的现实的焦虑
是像一只笼中动物般
脆弱的躁动
是一场伴随着大笑
没有终点的夜逃
因为不知道我们的路在何方

我在这里

我在这里　仅与一只
照亮了我的词语和存在的萤火虫一起

我在这里　为了寻找
祖先们的道路
我随身带来一根长线
为了编织我古老的脐带
为了不丢掉历史
那一直传承的词语

我在这里　与它的声音们的风一起
是时候返回故乡
为了分享我们的印记
　　它们文在每棵树　每条路
　　每朵花　大地的每个生命上
　　为了让它们在永生之河中行走……

河

自内脏的最深处
河流已不再歌唱
在它们的血管里只剩灰烬
石头高声喊叫
因为已没有人给它们
挠痒也没有人给它们唱歌
为了每个傍晚
　　哄它们入睡

青蛙已不再歌唱
月亮也不再落下去看水中的自己
落羽杉林巨大的幽灵
仅仅伴着皮肤下
早已耗尽的回忆叹息

（刘浩哲　译）

POEMAS DE CELERINA PATRICIA SÁNCHEZ SANTIAGO

(tu'un ñuu savi / mixteco)

ita yukú

kuú tono ita

ñaa nikaku nuu yu'ku

ita yukú

ñaa ti'in ndaaso yiví

nuu ñuu yúù yo'ó

takua koo xoo

nuú yu'ku ka'ni kini

taa tsikó xini

ñàà tsakùgo kuú ndakanda nuúgo
rìì ño'ó kuú ñàà sá'á takua naá kóò
ñeé takua naá tsino ñàà yee
nuù ndikiso taa kukuxigo
rìì nika'í tuni nuú koó samago
ndo'ó ino raná chikaago nuú titsi yucha
naá kutuago nixi kuú tundoo ino
ràà yee tundo'ó rìì saan kàà
kindo'ó ndávii inigo
tono kiti ñàà ntsasi naá
ràà naá kunchato tsikuaá takua naá stoó
sa'á tsakugo nixi nikuúso
rìì tsino nchíí ichí ti'ón

yo'ó ingáyu

yo'o ingáyu… mitu'ún tsi ɨn chivìì
ñàà tu'u nuú ichí tsiká tsi yu'ú
[tsi iniyu
yo'ó ingáyu… nchéé
nchii kuú nuú kua'án kue nivi yàtá
yo'ó náá 'ín yuàà kani ñàà kunuyu
raa naa kutañùù xàndú tsanaá…
takua mandoñu'u ñàà ndakani naá tsa'á
nixi ntsikú yivi mancha saanso

yo'ó ingáyu… tsi tachi yu'úná
ràà vichi naá ndachiko nuú nikindoo xandú
yo'ó stakoó kué tsá'á takua naa ndaki'ín naá ñàá
ndaka'ínà nuú yutu / nuú ichí / nuú ita /
nuú ndituso kue ñàà nde'é nuú ñu'ún yo'ó
takua naa kakí nuú yucha ichianchaso

yucha

mancha màà nuú ini míí
kuèe tsitaga yucha
chaa vichi mitu'ún tsiká yàká nuú níà
ràà kue yùù kana nda'í ñaá
rìì kòòga ñàá kusiki tsi kue míí
kòòga ñàá sá'á yaà takua nakixia
taa nikuaá
kue tsitaga kue sa'va
ràà yòò kué nuí kuchi míí nuú chikui
chaa kue tiukuga kàà kuí tono kòndavii
mitu'ún ndivii inia rìì ndaku'ún inia
taa ntsisiki yuchaga nuú tsa'í

POEMAS DE CELERINA PATRICIA SÁNCHEZ SANTIAGO

flor silvestre

soy como la flor
que nace en la montaña,
flor silvestre
que se aferra a la vida
en este pueblo de asfalto
condenada a sobrevivir
        en una selva de concreto

locura

la sonrisa es el movimiento sencillo
de la locura que nos anima a vivir
rasga los preludios del existir
en la cotidianidad aburrida
tatuajes en la piel descalza
bajo el río de emociones
experimentos que laceran las células
ansiedad de realidades vedadas
revuelo de vulnerabilidad
como animal enjaulado
escape nocturnal
en una carcajada sin destino
por no saber nuestro camino

aquí estoy

aquí estoy... sólo con una luciérnaga
que alumbra mi palabra y mi existencia

aquí estoy... buscando el camino
[de mis ancestros
traigo conmigo un hilo largo
para tejer mi ombligo antiguo…
[y no perder la historia
la palabra heredada desde siempre

aquí estoy... con el viento de sus voces
es tiempo de retornar al origen
para compartir nuestras huellas
tatuadas en cada árbol / en cada camino
en cada flor / en cada ser de la tierra
y hacer que caminen en el río de la eternidad…

yucha

desde lo más profundo de sus entrañas
los ríos ya no cantan más
en sus venas solo polvo
las piedras gritan
porque no hay más quien les haga
cosquillas y les cante para arrullarlos
                    cada anochecer
las ranas ya no cantan
la luna ya no baja a mirarse en el agua
los ahuehuetes enormes fantasmas
solo suspiran con el recuerdo
agotado bajo sus pies

作者简介：

塞莱丽娜·帕特里西娅·桑切斯·圣地亚哥，1967 年出生于墨西哥瓦哈卡州圣胡安米克斯特佩克市梅颂德瓜达卢佩村，诗人、口头故事讲述者及努乌萨维文化推广者，曾携诗参加多种国内外论坛以及用米斯特克语进行的讲座；本科在墨西哥国家人类学和历史学院学习语言学；曾参与若干提案，推动米斯特克语的传播和复兴；2008 年曾担任米斯特克语与文化辅导老师；2019 年在墨西哥国立自治大学开展的文化多样性及跨文化主义研究计划开设的“墨西哥，多文化国家”一课中任教。作品有诗集《路的精华》和有声书《旅行》。

汉文译者简介：

刘浩哲，北京大学外国语学院西班牙语语言文学专业 2020 级硕士研究生。

西班牙文译汉文审读：

Mónica Alejandra Ching Hernández（陈雅轩），北京大学外国语学院西葡语系 2020—2021 年外国专家。

Celerina Patricia Sánchez Santiago (Mesón de Guadalupe, San Juan Mixtepec, Oaxaca). Poeta, narradora oral y promotora cultural ñuu savi. Estudió la licenciatura en Lingüística en la Escuela Nacional de Antropología e Historia. En 2019 fue docente del proyecto México, Nación Multicultural del puic-unam. Autora del poemario *Iníi ichí / Esencia del camino* (2013) y del libro disco *Natsiká / Viaje* (2018). Ha participado en diversos foros nacionales e internacionales leyendo poesía, y como conferencista en lengua tu' un ñuu savi. Es integrante de varios proyectos de difusión y revitalización de la misma lengua.

鲁比·桑达·韦尔塔

生命赐予者

有时
不再有死去的女性
不因年龄、生存状况和种族而例外
我们将死去，但并非因为被夺去生命
若我们为寻找更好的生活而死
那才会有人说我们是值得的
说女性值得。
有时
女性在每次分娩时死去
为了诞下新生命而死去。
有时死亡已不再是死亡
死亡是女性，女性是生命
我们即延续，我们不死
我们为了新生而死去
赐予新生又让我们从死亡中归来。

乡村

乡村无处不在
乡村的许多房子甚至没有屋顶
河流和街道有名字，
语法取自节日与葬日。

从来如此
气氛恒常如一，
贮存着不凡的过去
永远属于鲜花的人民

我家乡的人们
是用能反抗的泥土做成
而非归于土地的肉体。

一切

词女

谁为你命名？

月女

风女

火女

水女

土女

时女

忆女

谁望着你，谁感知你，点亮你的光？

谁饮下你，谁播种你，谁虚掷生命？

女性

谁会有记忆？

蚀

我想看天空
看太阳醒来
看月亮藏起来，看白日来临
看太阳藏起来，夜晚来临
看太阳和月亮相遇
看太阳和月亮相爱
看它们满裹血之汗
看大地上怀孕的花草、树木、动物和女人
用红线保护她们的果实
看她们闭上眼睛、不去看天空
在太阳和月亮正相爱的时候

（陈方骐　译）

POEMAS DE RUBÍ TSANDA HUERTA

(p'urhépecha)

Tsípekua intspiti

Xáni ka xáni uératini
Ma uárhi noteru uarhíati
Ni uarhíti ni iurhítskiri, ni jimboka na irekaka o uandájka
Uarhínhati no jimbokatsïni uandikuaka
Enka uarhínhaska sesi irekua ambe jirhinapani
Uarhíti arhínhati eska jukaparaska.

Xáni ka xáni ueratini
Uarhíti uarhísïndi tsípekua intspeni jámani
Junkuasïndi uarhíkuaru uératini
Uarhíti charhaku jinkoni
Xáni ka xáni uératini
Uarhíkua noteru uarhíkuesti
Uarhíkua uarhítisti, uarhíti tsípekuesti
Jucha no k'amakuriaka jimboka uarhínka
Máteruecha andajpinurasïndi,
Uarhíti uarhiati tsípikua intspeni jámani.

Ireta

Ireta sapirhatiicha, iapuru jarhasïnti
ankiru k'umanchikuecha no ójtsïka
xanháru ka iorhékua jakankurhikua jukasïnti
eska uandákuecheri k'uínchekua ka uarhíkua

Juchinio iréta, xántisti
patsásïndi uekatsemakua
enka ménku tsíparhatini jarhajka

K'uírípu jimini anapu
ambakisti echériri úkatesti
no k'uirhipiteriskaksï enka jatsïaka para echerirhu kunkuarhinitani.

Iámu ambé

Kúxareti uandákua

¿Nekini arhínhatara?

Kúxareti kutsí

Kúxareti tarhiata

Kúxareti ch'piri

Kúxareti itsï

Kúxareti echéri.

Kúxareti nitamakueri

Kúxareti miántskua.

¿Nekini exéa, ne p'ikuarhera, ne étskua cheti t'intskua?

¿Nekini itsïma, ne júkska, ne jurhájkua nitamatarhani irekuani?

Kúxareti

¿Ne jatsïa miákua?

Luna anhántskua

Uéksïnka eránchini

Eska jurhíata tsïnhariaka

Eska naná kutsí jirhíkuariaka

Eska naná kustí xarhántaka

Eska jurhíata jirhíkuariaka

Eskaksï exéjperhantaka

Ójchakperhaparhini iurhíri apárhintani

Eska auándaru jurhíata ka naná kutsí xénchperhaka

Eska echériru tsïtsïki, manhántura ka uarhíti p'amenchaticha

charhapiti jónkurhiaka

Eskajchi ónharhiaka, no eranchini enka luna anhántani jauaka.

POEMAS DE RUBÍ TSANDA HUERTA

Dadora de vida

De tanto en tanto
No más mujeres muertas
Sin excepción de edad condición de vida o raza
moriremos, pero no porque alguien nos quite la vida
si morimos en busca de una mejor vida
entonces nos dirán que valemos
Que la mujer vale.

De tanto en tanto
una mujer muere cada vez que da vida
muere para dar vida a un nuevo ser.
De tanto en tanto la muerte ya no es muerte
la muerte es mujer, la mujer es vida
Somos continuación, no morimos
Morimos para dar vida
Volvemos de la muerte dando vida.

Pueblo

Pueblos hay en todas partes
muchas de sus casas ni tejado tienen
Sus ríos y calles tienen nombre,
gramática de fiestas y entierros.

Ha sido siempre así
tiene un aire igual,
conserva esos ilustres pasados
permanente población de flores

Los hombres de mi pueblo
Están hechos de buen barro que resiste
Más no de la carne que torna a la tierra.

Todo

Mujer palabra

¿Quién te nombra?

Mujer luna

Mujer viento

Mujer fuego

Mujer agua

Mujer tierra

Mujer tiempo

Mujer memoria.

¿Quién te mira, quien te siente y enciende tu luz?

¿Quién te bebe, quien te siembra, quien deja pasar la vida?

Mujer

¿Quién tendrá memoria?

Eclipse

Quiero ver el cielo

Que el sol se despierte

Que la luna se esconda, que se aparezca de día

Que el sol se esconda y aparezca de noche

Que el sol y la luna se encuentren

Que el sol y la luna se amen

Que se envuelvan en sudor de sangre

Que en la tierra las plantas, árboles, animales y mujeres en cinta

Protejan sus frutos con hilos rojos

Que cierren los ojos, que no vean el cielo

Cuando el sol y la luna se estén amando.

作者简介：

鲁比·桑达·韦尔塔，诗人、译者，普雷佩查族教师。瓜达拉哈拉大学社会与人文科学学院历史学学士。“普雷佩查民族文化之声”的语言学者和传播者，米却肯大学圣尼古拉斯·德·伊达尔戈土著语言系教师。她通过拍摄纪录片，参加国际国内的论坛、会议、座谈会等方式，一生致力于推广、发展普雷佩查民族的语言。著有《破土而出的文字》。2014 年，她为墨西哥国家土著语言研究所将奥克塔维奥·帕斯的文选翻译成普雷佩查语。

汉文译者简介：

陈方骐，北京大学外国语学院西班牙语语言文学专业 2020 级硕士研究生。

西班牙文译汉文审读：

Mónica Alejandra Ching Hernández（陈雅轩），北京大学外国语学院西葡语系 2020—2021 年外国专家。

Rubí Tsanda Huerta (Santo Tomás, Chilchota, Michoacán). Poeta, comunicadora, traductora y profesora de lengua purépecha en el Departamento de Idiomas de la Universidad Michoacana de San Nicolás de Hidalgo. Historiadora por la Universidad de Guadalajara. Ha publicado tres libros y algunos de sus trabajos se encuentran publicados en varias antologías y publicaciones periódicas. Ha participado en diversos encuentros de poesía.

法维奥拉·卡里略·铁科

土地

粗粝的，富足的，
不同色彩的你是土地。
溪流与泉水的蜜糖
将你的衣裙染蓝染绿。
每次你与风私语
都紧贴上我的皮肤。
落在嘴里的尘土
成为赠予我的食物。
你耕犁我的皱纹，
我用汗水将你冲洗。
土地。
肥沃又贫瘠，
当你的孩子们放干你的血
你带着痛苦哭泣。

（陈方骐　译）

鸟

鸟，在灵魂的黑暗中盘旋，
倾斜翅膀于希望之巢。
叹息包含着
在蓝色膝头和白色棉花中的飞翔。
停止上升，因为害怕风
和杀死它们的酸雨。
寻找自由的人们，
在万物和虚无中，
在云间跳舞的鸟群
日夜不息
因为永不疲倦。
多彩的鸟
在晨曦中等待，
为了在每个早晨起飞。

（肖钰涵　译）

Xochipapalotl[1]

Xochipapalotl，水之结晶
被种子分叉。
献给大地的贡品，甘美而酸涩
烤玉米的香味
Xochipapalotl 是色彩、
味道和大小的混合。
时常被认为是万物，
却比万物还多。
Xochipapalotl 是梦，是渴望。
咬你唇噬你魂的蚕。
牵你的手，带你进入
他者的世界。

（肖钰涵　译）

① Xochipapalotl，纳瓦特语，意为花蝴蝶。

山丘的耳朵

你绿色的头，
柔美的手。
口中清新的风。
回答吧：为什么
我爱你？
我的身体总是，
看到你，感受到你，
你的头，一道伟大的光。
我的身体
需要你的水。

（刘浩哲　译）

POEMAS DE FABIOLA

CARRILLO TIECO

(náhuatl)

Tlalli

Ayocozqui huan tlamacatiani
nepapan tlapalmeh tiyez Tlalli
Atoyatontin huan ameyaltin in necuhtli
tlen motlapaltia yahuitl huan xoxotic mocue
Timotzicoa ipan noehuayo
icuac timocochteca ican ehecatl
Quen teuhtli timocalaqui ipan nocamac
huan nechmaca in tlacualli
Copichahui ipan noxolochticayomeh huan
ican noitonil timopaca
Tehuatl Tlalli
Tlamacatiani huan huahqui,
tichoca tlica mitzcocoa
icuac mopilhuan moyezmictia.

Totoltzitzin

Totoltzitzin tlen patlantica ipan tliltictonalli
huan quinhuica imatlazcapal ipan ce tlapazol
Ihiyo, tlen ayahmo patlani ipan ilhuicatl
yahuitl huan cotomimeh iztaqueh
Ahmo tlehcoa tlica momahtia in ehecatl huan
quiahuitl xococ tlen quimictia
Tlatlaca quitemoa tlamaquixtiliztli ipan nochi
in tlalticpactli
quen totoltzitzin mihtotia ipan mixtzitzin
huan patlantica ipan tonalli huan yohualli
tlica amo mociahui
Totoltzitzin nepapan tlapalmeh tlen mochia
ipan hueca tlachipahua
ipampa momoztla petlanizqueh

Xochipapalotl

In Xochipapalotl atl chipahuac
quinxehxeloa in xinachtli
Tlamanalli pitzahuac ihuan xococ
Ahuiyac icuac tlahuatza in tlaolli
In Xochipapalotl miec tlapalli,
huelic ihuan chicahuac
Tlamachilia quemen nochi
ahmo, yeh ocachi miec, ocachi hueyic
In Xochipapalotl temictli cualli
Ocuillin tlen motencuacua ihuan
quetzoma motonal
Mitzconcui momah huan mitzhuica
ipan mictlan

Inacaztla tepetl

Motzontecon xoxoctic

Momahuan tzopelic

Ehecatl chipahuac mocamac

Nechnanquili: ¿Tlica

Nimitznequi?

Nonacayo mitzitta,

Nimitzmachilia nochipan,

Motzontecon quen ce

hueyi tlahuilli

Nicnequi moatzin ipa

nonacayo

POEMAS DE FABIOLA

CARRILLO TIECO

Tierra

Áspera y nutricia,
de diversos colores eres Tierra.
Miel de arroyos y manantiales
se tiñe azul y verde tu falda.
Te adhieres a mi piel
cuando te arrullas con el viento.
Polvo que se introduce en mi boca
y me brinda el alimento.
Surcas mis arrugas y con mi sudor
te enjuagas.
Eres Tierra.
Fértil y árida,
lloras de dolor
cuando tus hijos te desangran.

Aves

Aves que revuelan en la negrura del alma,
y vuelcan sus alas en un nido de esperanza.
Suspiro que contiene el vuelo en el
regazo azul y blancos algodones.
Detienen el ascenso por miedo al aire
y a la lluvia ácida que las mata.
Hombres buscando libertad en medio
del todo y la nada.
Como parvadas bailan entre las nubes,
de día y noche
porque no se cansan.
Aves multicolores que esperan en el alba,
para emprender el vuelo cada mañana

Xochipapalotl[①]

La Xochipapalotl cristal de agua
bifurcada por la semilla.
Delicada y agria ofrenda para la tierra.
Aroma de maíz tostado.
La Xochipapalotl es mezcla de color,
sabor y tamaño.
Suele pensarse como un todo,
pero es mucho más que eso.
La Xochipapalotl es un sueño, es anhelo.
Gusano de seda que muerde tus labios y carcome tu alma.
Te toma de la mano y te lleva
al mundo de los otros.

① En una traducción literal al español Xochipapalotl es "mariposa flor".

Oreja del cerro

Tu cabeza verde,

tus manos dulces.

Viento fresco tu boca.

Responde: ¿por qué

te quiero?

Mi cuerpo te ve,

te siente todo el tiempo,

tu cabeza una gran luz.

Necesito de tu agua en

mi cuerpo.

作者简介：

法维奥拉·卡里略·铁科，纳瓦特族学者、小说家和诗人。本科毕业于墨西哥国立普埃布拉自治大学历史系，研究生阶段就读于墨西哥国立自治大学，从事美索不达米亚美洲研究，目前在该校攻读博士学位。她已出版的作品包括：《词语的温床：故事集》，（*In xinachtli in tlahtolli. Amoxtli zazanilli*，2014）、《三颗种子，三个词》（*Yei xinachtli, Yei tlahtolli*，2015）、《托科内瓦》（*Toconehua*）（2016）。她于2019年在《诗歌圈》“霍其特拉托利”系列专栏（注）和《文学电子学》杂志、2021年在《无尽》杂志发表部分诗作。

汉文译者简介：

陈方骐，北京大学外国语学院西班牙语语言文学专业2020级硕士研究生。

肖钰涵，北京大学外国语学院西班牙语语言文学专业2020级硕士研究生。

刘浩哲，北京大学外国语学院西班牙语语言文学专业2020级硕士研究生。

西班牙文译汉文审读：

Mónica Alejandra Ching Hernández（陈雅轩），北京大学外国语学院西葡语系2020—2021年外国专家。

Fabiola Carrillo Tieco. Profesora y escritora nahua. Licenciada en Historia por la Benemérita Universidad Autónoma de Puebla y maestra en Estudios Mesoamericanos por la unam, donde actualmente realiza un doctorado. Autora de los libros In *xinachtli in tlahtolli. Amoxtli zazanilli / El semillero de palabras*. Libro de cuentos (2014), *Yei xinachtli, yei tlahtolli / Tres semillas, tres palabras* (2015); *Toconehua* (2016). Ha colaborado en publicaciones periódicas.

萨仁图娅

沿着额尔古纳河的走向

搭乘千古牧歌的悠长
纵情于马蹄无羁的韵章
额尔古纳河千年流淌
簇拥着白雪的波浪
像飘逸的哈达一样圣洁
拂动在花的原野任地老天荒
记忆发出穿越时空的回音
雄性呼吸在荒野之上回声漫扬

注定雄踞高原与朔风交响
一路走来飞扬灼热的音浪
孕育无敌天下的金戈铁马
众草之上的魂灵元气荡漾
流向辽远的额尔古纳河
史诗一样磅礴雄壮
因痛苦而坚强
因坚强而荣光

沿着额尔古纳河的走向
我灵魂的流云溯源而上
英勇无畏是我的族徽
苏力德昭示着无穷的力量
寻找如烟的千年往事
拜谒如虹的一代英灵
我遗憾自己无法早生八百年
唯有升腾心头的崇拜与敬仰

感知一颗无比博大的心
千年不息地伟岸跳荡
颂歌为千年风云第一人响起
马头琴的乐音在风中筑巢
河众水的目光也在深情回望
凡人之躯的我淼淼升华
柔弱的心灵灿灿透亮
而我的幻想就是执着的光芒

沿着额尔古纳河的走向
我身披浪花畅饮鲜美的乳浆
白云也铺不满的大草原
无限的风光就在无限的路上

闪闪的繁星丰富了河的夜语
美与心灵积蓄了向前行的力量
无法抑制的激情沉浸于水
梦想比生命更久更长

额尔古纳这母亲的河流
一波的绿色净土
一方原生态的故乡
而我就是一条鱼
在民族记忆的河里游荡
额尔古纳与时间之河共源
融化我流向千年的向往
美丽的萨日朗沿岸开放

草原女儿的我　敬畏
额尔古纳河之于蒙古族
母亲之于生命一样
古朴有韵的额尔古纳河
蒙古长调一样婉转悠长
唯有守望
守
望　守望
直至泪水里充满血浆

草原风　黄土情

天空高远深邃空旷
月光如水意味深长
触摸布满星星的夜空
我在遐思中眺望

目光在蓝空中飞翔
思之树在心灵高原生长
俯仰大地和苍穹
我放开思绪的马缰

根在草原深处
浸染牧歌与乳香
人在黄土地上
亲近大豆和高粱

原乡与故乡
双重的滋养
我应双倍回报
无限情意有限时光

草原博大让我长风浩荡

黄土地厚重令我朴素善良

任该来的如约而至

愿岁月走出预言呈吉呈祥

乡情

这个词汇早已生成
或许就像铜色的谷粒
连同高粱大豆庄稼一样
生于或肥沃或贫瘠的田垄

甚至如同遍野的青草
朴素地自然而生
连同生长的相思树
梦魂知忆桑梓情

每当月明的夜晚
微妙地回荡并弥散着旋律
万物之上的天籁之声
亲切而久远地震颤所有神经

一种内心的指向
最深的根茎
在于绵长的超越性
人呵与之相伴终生

敖包琴声

让我心跳
令你神往
丝路草原敖包山的马头琴
聚焦三十六个国家诗人的目光
婉转悠扬的琴声越过众生梦境
每颗聆听的心在天籁之音中荡漾

因为草原辽阔穹庐高远空旷
马头琴的音域才如此宽广
因为骏马飞奔着踏蹄碧野
马头琴的节奏这般明快激昂
因为生生不息的英雄根脉悠长
马头琴弦上的一条溪流千年流淌

马背民族的传说动人
这里也是英雄上马的地方
捧起洁白的哈达
不同语音随着曲调吟唱

端起金杯银杯

你我斟满沉醉的酒浆

草原游牧

家园守望

对大地深情

就置身于天堂

信守钟情与热爱

马头琴声中超然风向

时光之上

时光之上
且听风的吟唱
几许自在飞花之韵轻似梦
年华穿越便是华章

时光之上
许我鸿雁的翅膀
云山长空锦书可托
四季轮回山高水长情更长

时光之上
岁月穿梭而去白云在场
阳光下烈烈穿云裂帛
月光中月桂枝头抱香

时光之上
心向诗意的远方
长调一般的悠长饱满

在一片草原相伴牛羊看斜阳

时光之上
无关岁月光影拉远满袖花香
红尘陌上执念写成铭心刻骨
我的爱一如既往

总是一走再走

在草原，我是伸展的草原
逢溪流，我是流淌的溪流
迎面遇上马群羊群牛群的时候
我就是与草原相亲相爱的马羊牛
迎风撞上长调牧歌
我成为一个悠长的音符
那逐水草而居的人是我的先祖
在写满日月的日子里游牧
勒勒车木轮上皴裂着艰辛的褶皱
飘过来的云吹过去的风
把往昔浪漫与不浪漫的故事倾诉

远方以远把我召唤
我总是一走再走
路上的每一棵小草
高举绿色的旗帜为我加油
三月的春风染绿我的相思
幸福就在于不停地赶路

天幕一经开启
就注定了义无反顾
时光是永不疲惫的坐骑
渐行渐远的我被马蹄鼓舞

无需张望
乡关处处
高天的风牵着思念
把一缕相思吹皱
放纵心灵却不会迷途
每个敖包都是路标
把草原认领回家
我是行动的朝圣者啊
不停歇地把美把梦追逐

ᠠᠮᠤᠭᠤᠯᠠᠩ ᠬᠠᠨ ᠠᠯᠲᠠᠨ

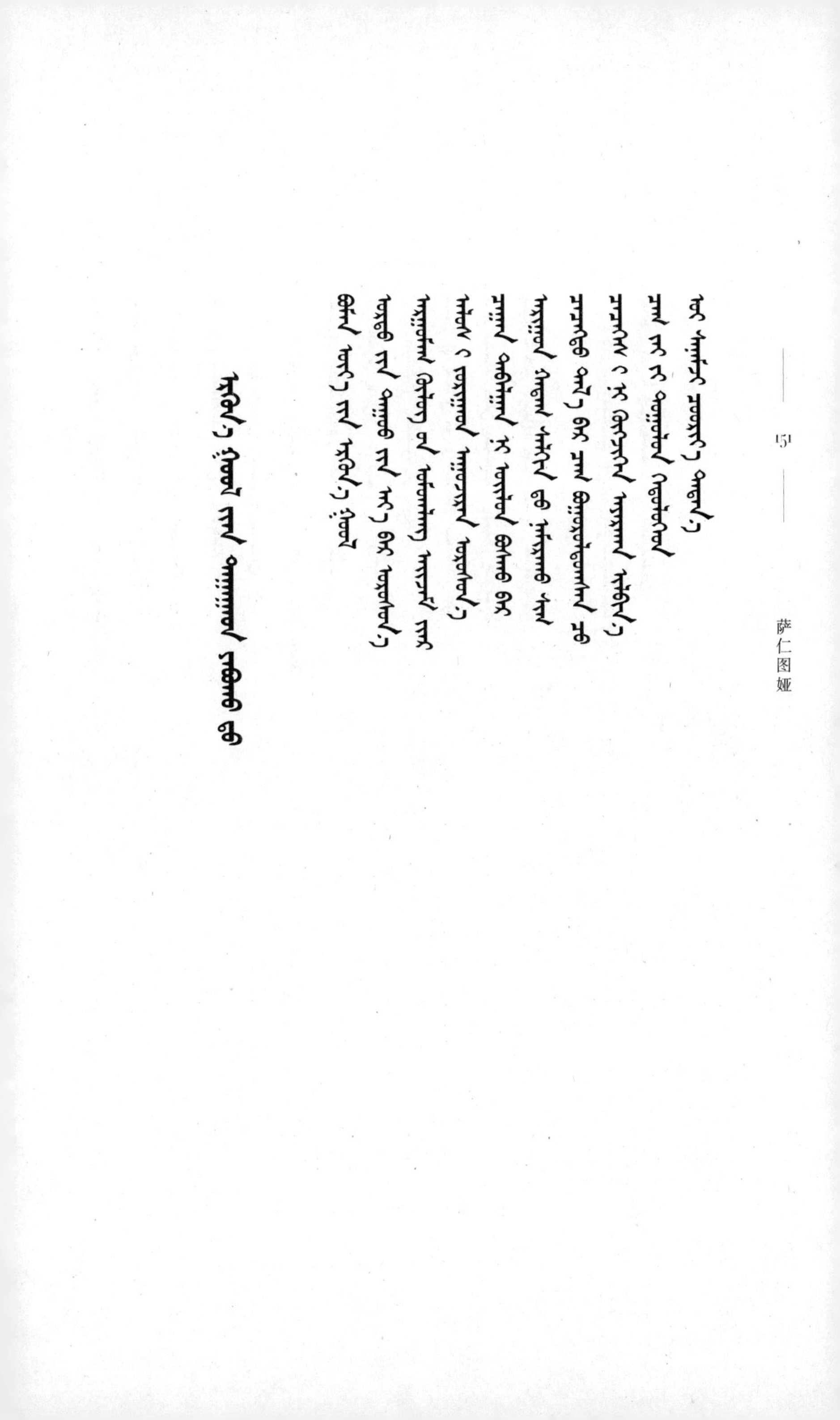

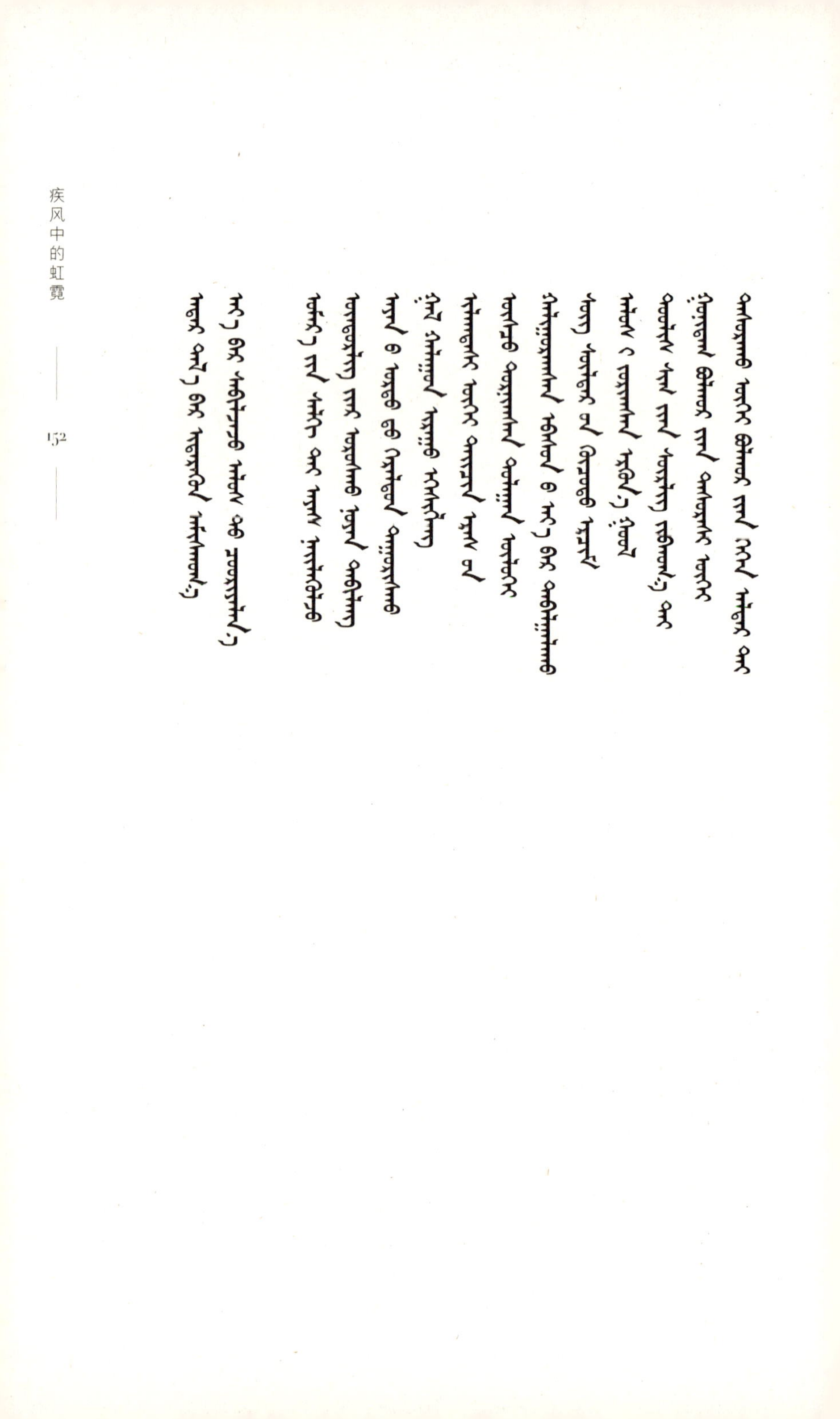

[illegible]
[illegible]
[illegible]
[illegible]
[illegible]
[illegible]
[illegible]
[illegible]
[illegible]
[illegible]
[illegible]
[illegible]

[illegible]
[illegible]

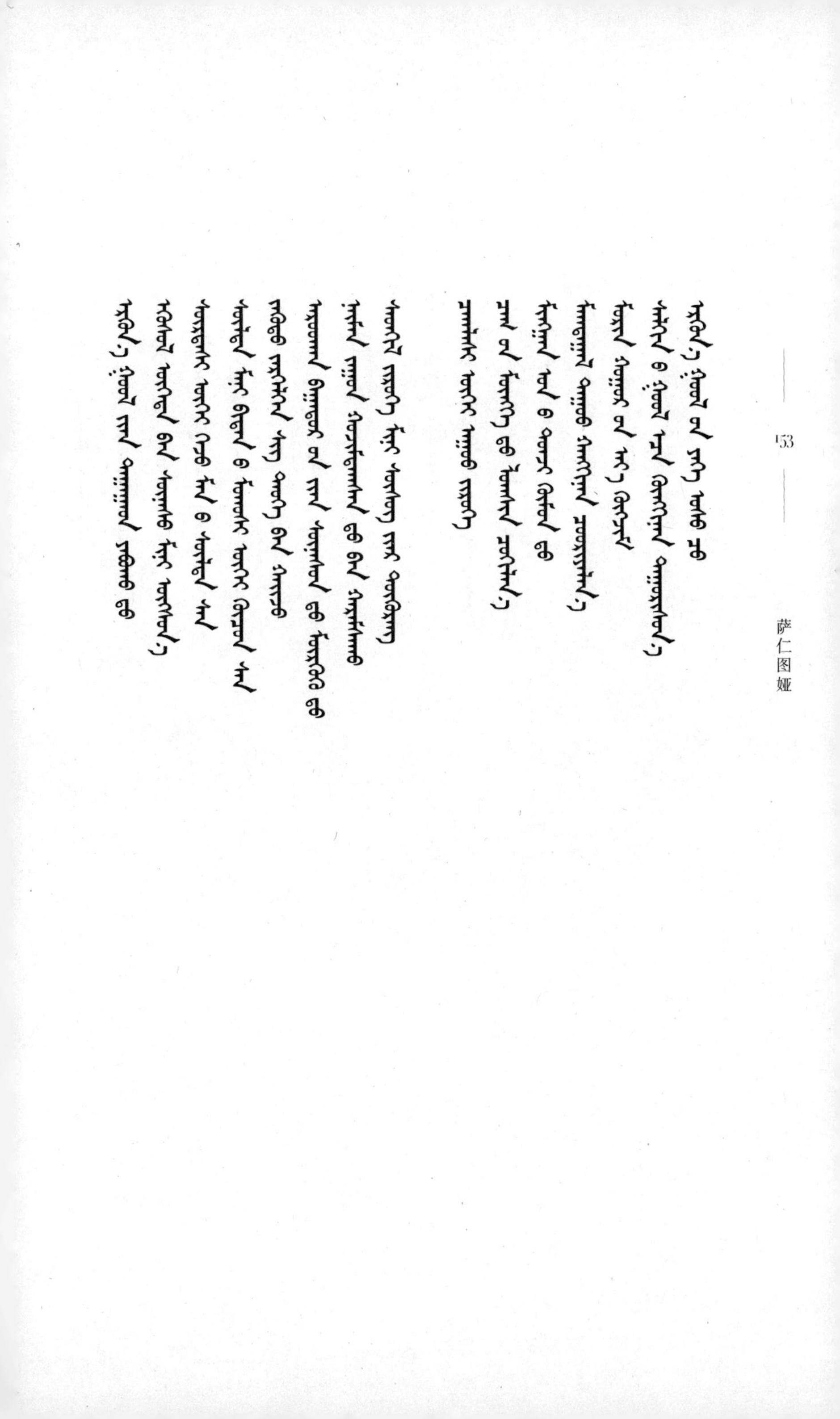

[illegible]
[illegible]
[illegible]
[illegible]
[illegible]
[illegible]
[illegible]
[illegible]

[illegible]
[illegible]
[illegible]
[illegible]
[illegible]
[illegible]
[illegible]

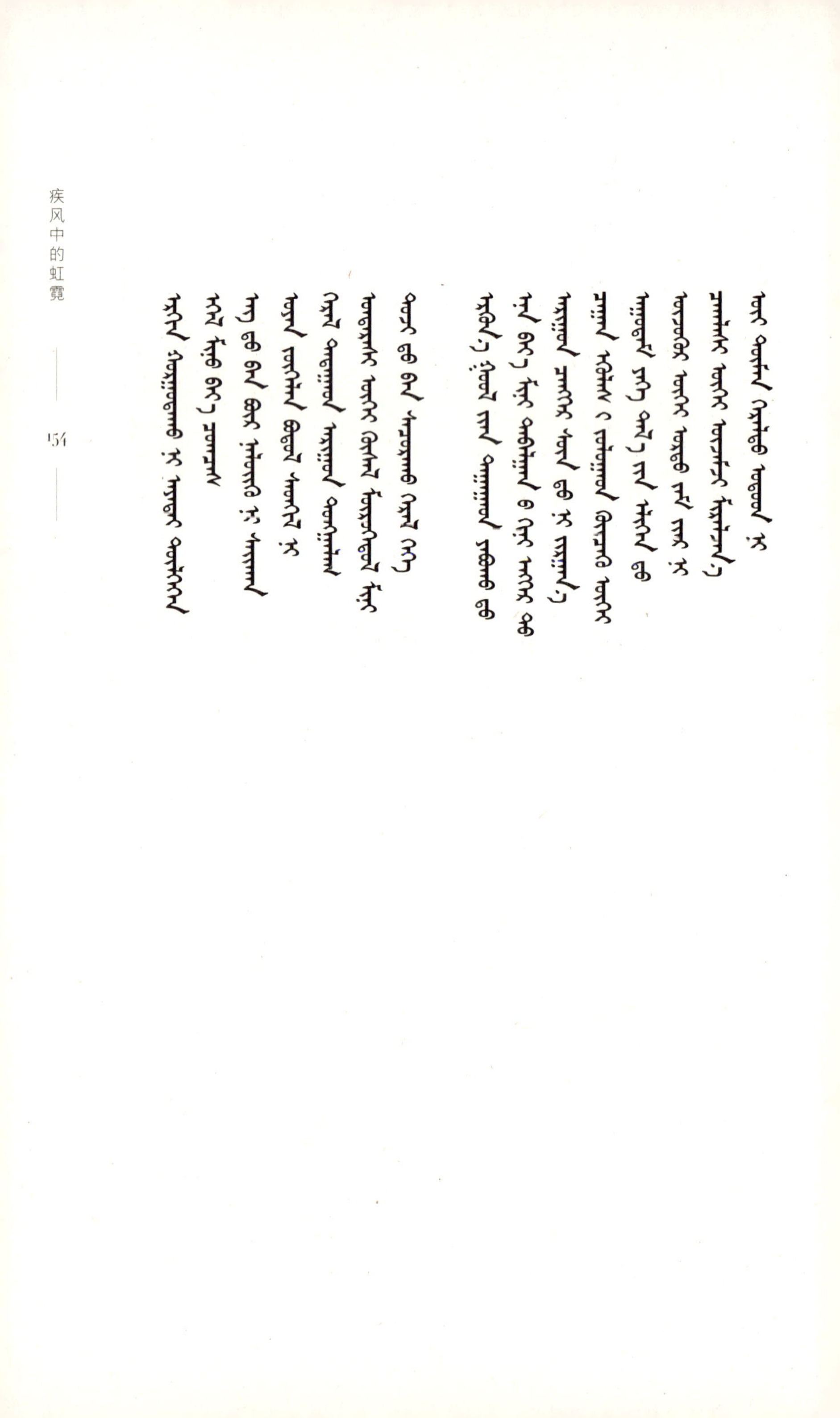

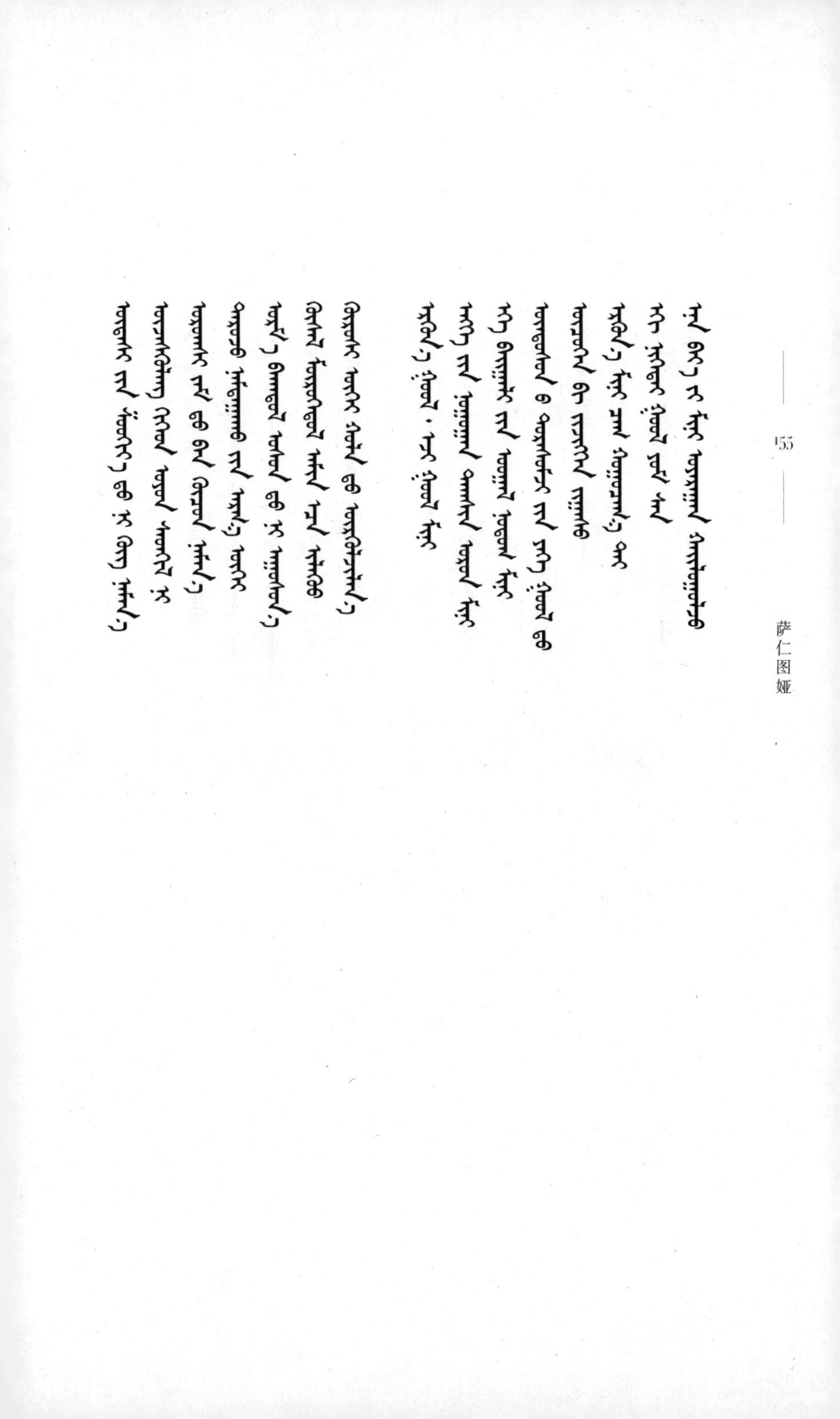

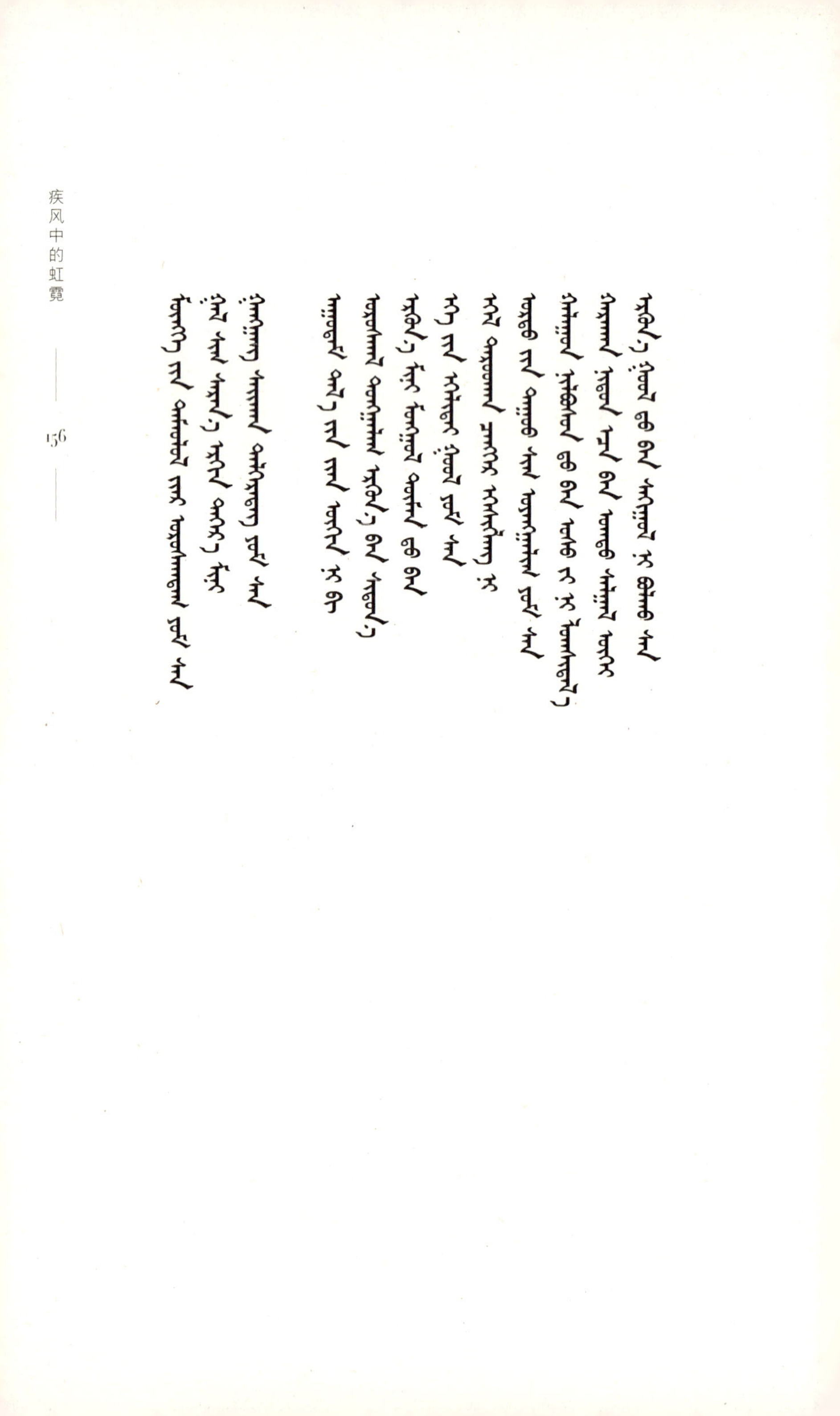

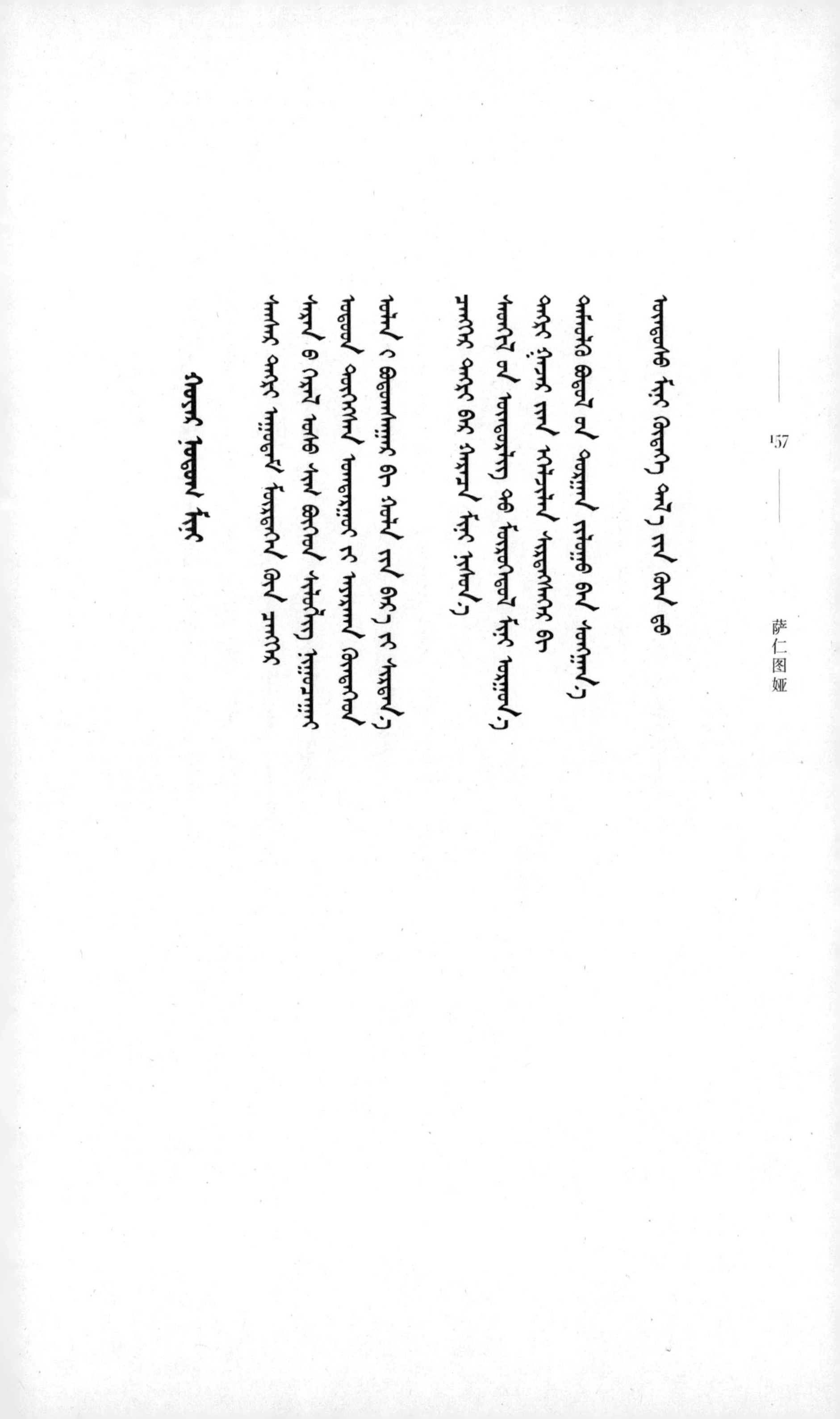

[illegible]

[illegible]
[illegible]
[illegible]
[illegible]

[illegible]
[illegible]
[illegible]
[illegible]

[illegible]
[illegible]
[illegible]

ᠨᠣᠭᠣᠭᠠᠨ ᠠᠯᠠᠨ ᠬᠣᠯᠠᠨ ᠭᠡᠷᠡᠭᠡ

ᠬᠠᠷᠢᠶᠠᠨ ᠬᠦᠮᠦᠨ ᠦ ᠭᠡᠷᠡᠯ ᠳᠦᠷᠰᠦ ᠶᠢ ᠬᠠᠷᠠᠭᠰᠠᠨ ᠳᠠᠭᠠᠨ
ᠬᠠᠮᠤᠭ ᠤᠨ ᠳᠠᠭᠤ ᠪᠠᠷ ᠨᠢ ᠭᠡᠷᠡᠯ ᠦᠨ ᠲᠦᠯᠦᠭ
ᠭᠡᠷᠡᠯ ᠦᠨ ᠰᠠᠷᠠᠨ ᠢ ᠬᠠᠷᠠᠭᠰᠠᠨ ᠪᠣᠯ ᠲᠡᠩᠭᠡᠷ ᠦᠨ ᠬᠠᠭᠠᠯᠭ᠎ᠠ
ᠨᠢ ᠬᠠᠷᠠᠨ ᠬᠦᠮᠦᠨ ᠦ ᠪᠣᠯ ᠪᠠᠢᠭᠰᠠᠨ ᠳᠠᠭᠠᠨ

ᠪᠠᠢᠨ᠎ᠠ ᠦᠨᠡᠨ ᠦ ᠪᠠᠷ ᠮᠡᠳᠡᠬᠦ ᠶᠢᠨ ᠬᠡᠯᠡᠨ
ᠭᠡᠷᠡᠯ ᠦᠨ ᠰᠣᠨᠣᠰᠬᠤ ᠶᠢᠨ ᠲᠦᠯᠦᠭ ᠢ ᠪᠠᠷ ᠲᠣᠭᠲᠠᠭᠠᠨ
ᠪᠣᠯᠣᠨ᠎ᠠ ᠦᠨᠡᠨ ᠦ ᠬᠠᠷᠠᠨ ᠬᠦᠮᠦᠨ ᠦ ᠨᠢ ᠪᠠᠢᠨ᠎ᠠ
ᠬᠡᠯᠡᠨ ᠦᠭᠡ ᠨᠢ ᠪᠠᠢᠭᠰᠠᠨ ᠪᠣᠯᠪᠠᠴᠤ ᠬᠠᠮᠤᠭ ᠨᠢ

ᠬᠡᠯᠡᠨ ᠭᠡᠷᠡᠯᠲᠡᠢ ᠰᠣᠨᠣᠰᠬᠤ ᠪᠠᠷ ᠬᠡᠯᠡᠨ᠎ᠡ

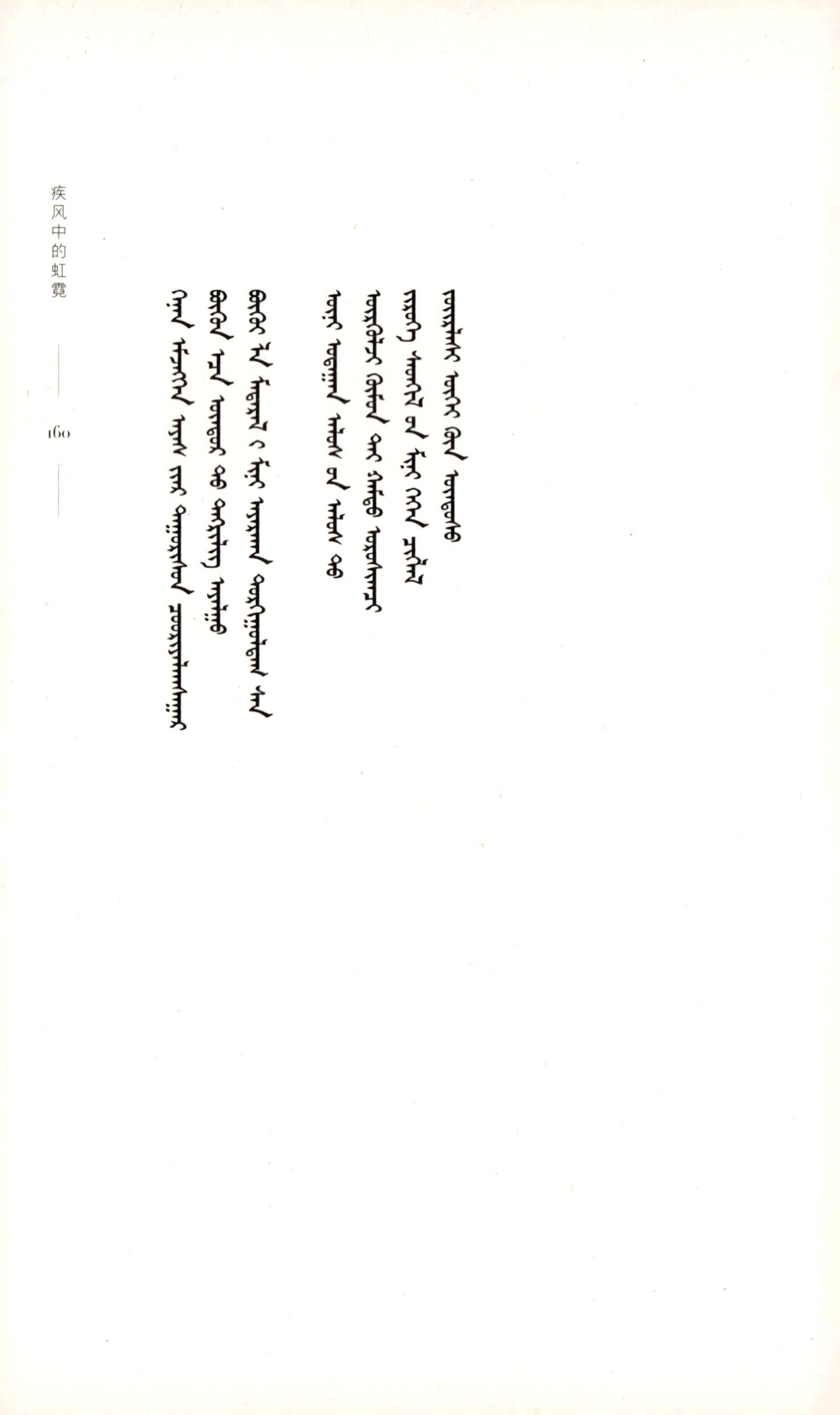

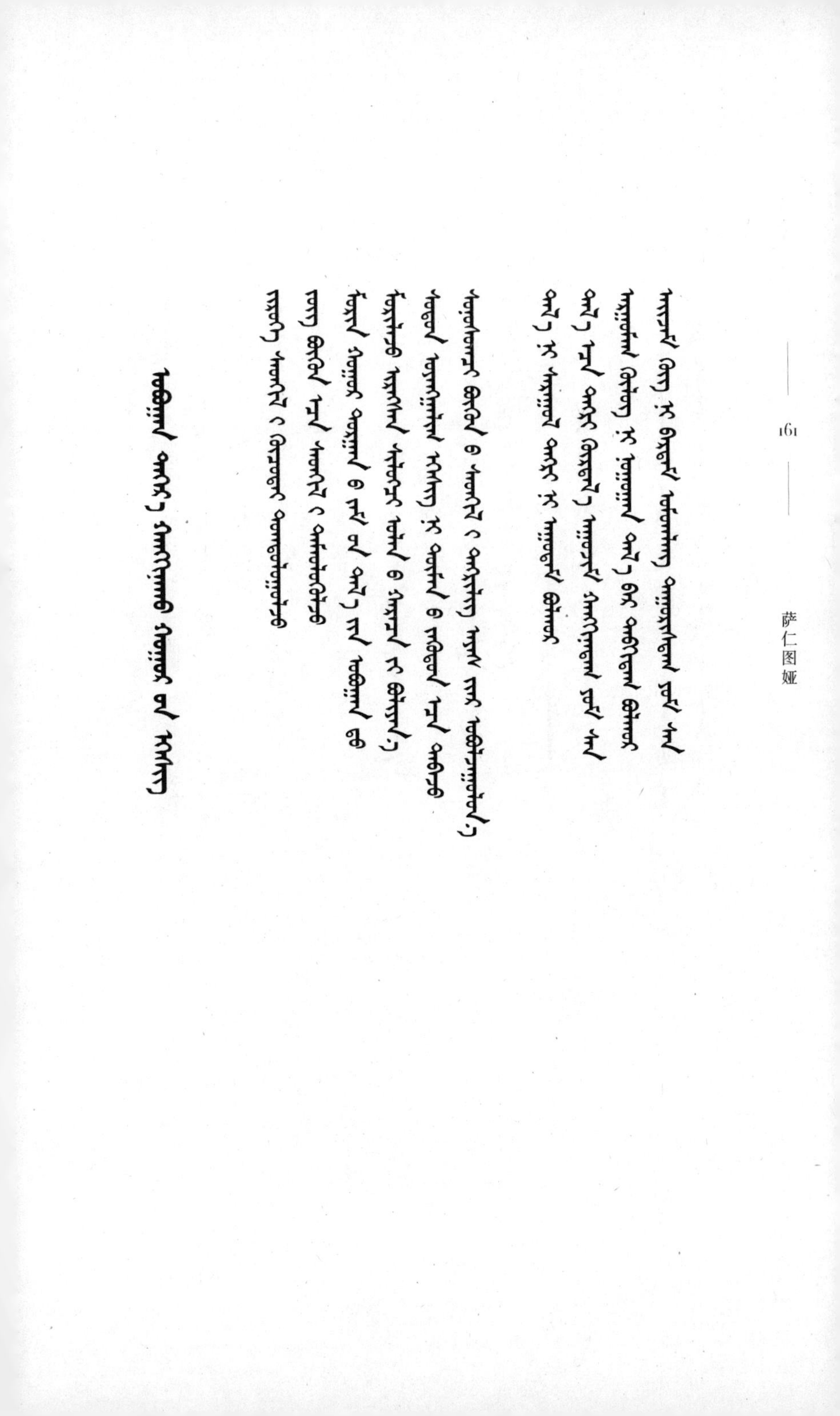

[illegible]

[illegible]

[illegible]

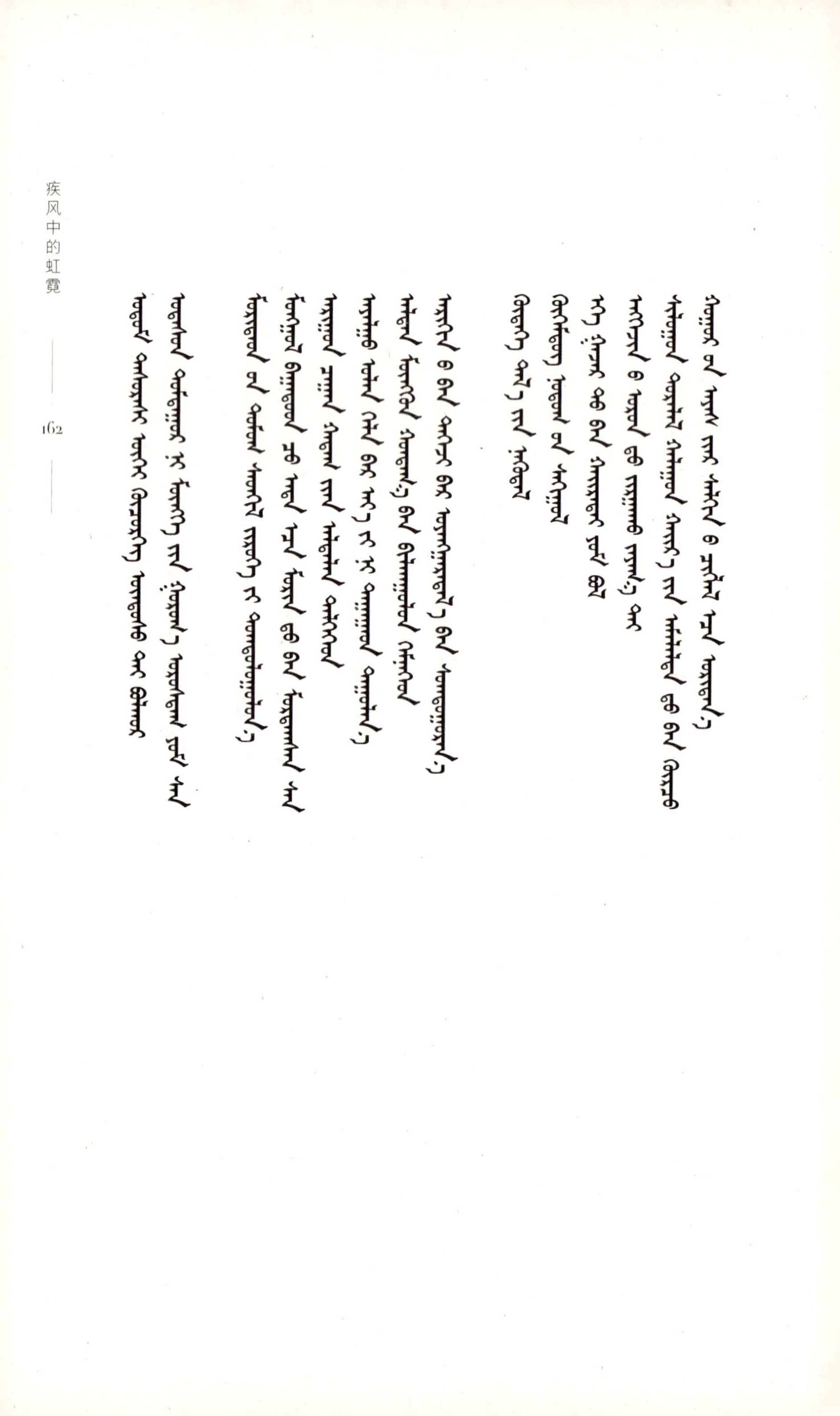

[illegible]

ᠴᠠᠭ ᠬᠠᠪᠤᠷ ᠤᠨ ᠳᠠᠭᠤᠤ

ᠴᠠᠭ ᠬᠠᠪᠤᠷ ᠤᠨ ᠳᠠᠭᠤᠤ
[illegible]
[illegible]
[illegible]

ᠴᠠᠭ ᠬᠠᠪᠤᠷ ᠤᠨ ᠳᠠᠭᠤᠤ
[illegible]
[illegible]
[illegible]

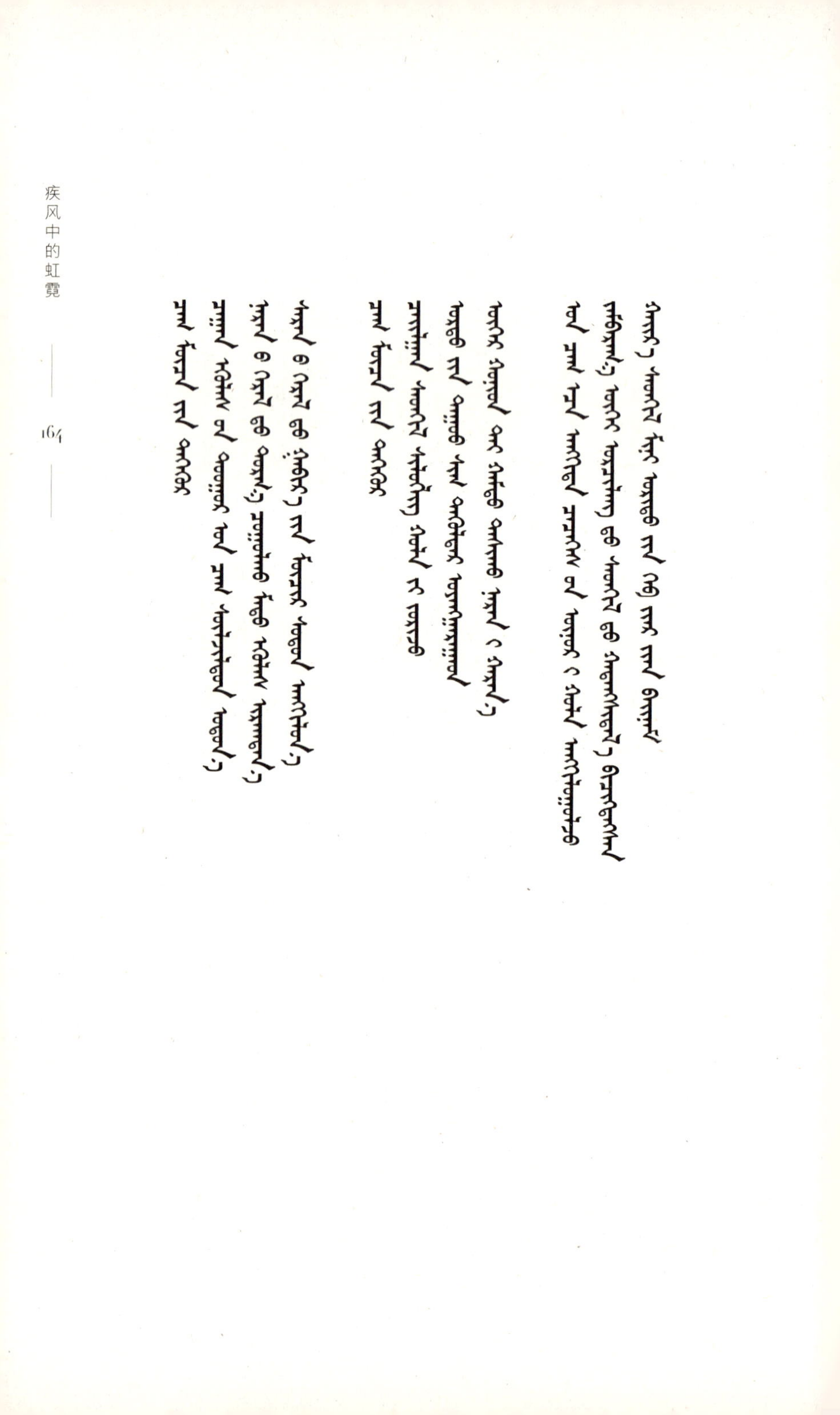

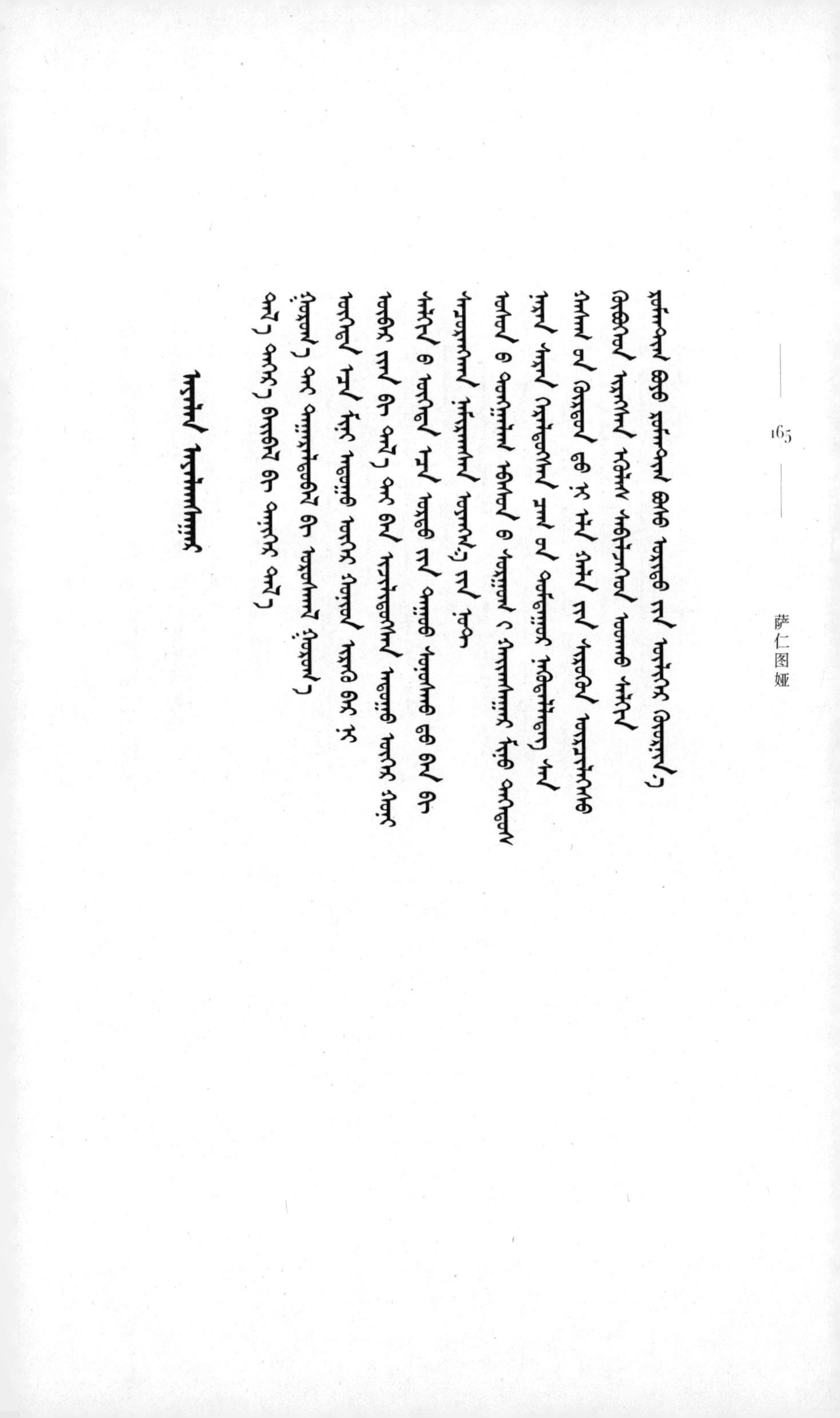

[illegible]

[illegible]
[illegible]
[illegible]
[illegible]
[illegible]
[illegible]
[illegible]
[illegible]
[illegible]
[illegible]
[illegible]

[illegible]
[illegible]
[illegible]
[illegible]

[illegible]
[illegible]
[illegible]
[illegible]
[illegible]
[illegible]
[illegible]
[illegible]
[illegible]
[illegible]

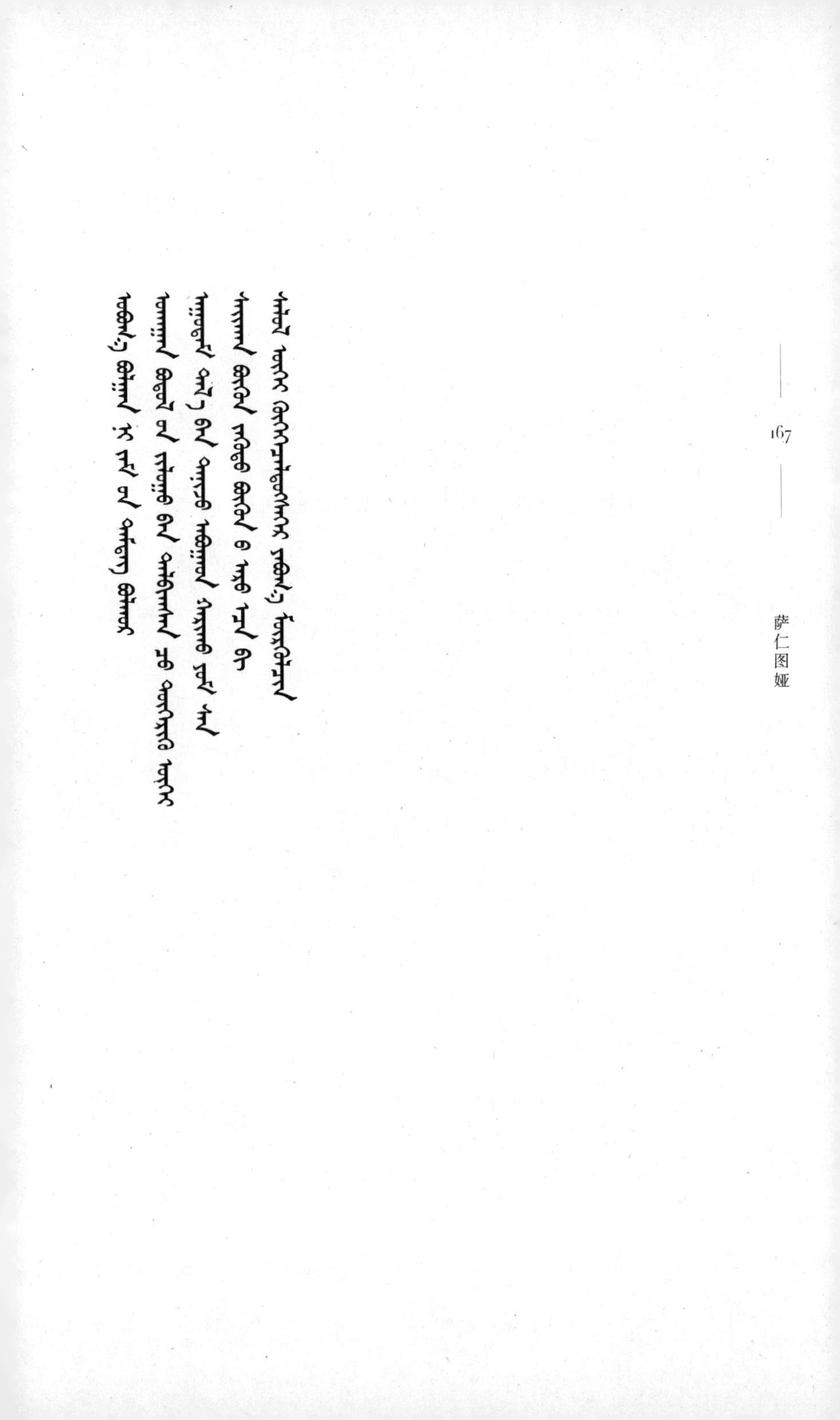

[illegible]

[illegible]

[illegible]

[illegible]

[illegible]

POEMAS DE SARANTUYAA

A lo largo del río Argún

Emprende el interminable camino del canto del pastor,
entregándose a la rima de sus desinhibidas herraduras,
miles de años han fluido en el río Argún,
cercado por olas de fina nieve,
tan celestial como aquella hada① blanca suspendida.
Destellando en la floreada pradera inquebrantable,
la memoria refleja un eco que traspasa espacio y tiempo:
aliento de un guerrero que resuena en el vasto yermo.

Destinado a permanecer en la sinfonía del viento del norte y los altos llanos,
andando llegan volando ondas sonoras abrasadoras.
Mientras el equino dorado de hierro fecunda este mundo invencible,
espíritu de cuanta yerba existe, se levanta firme,
avanzando hasta el lugar más recóndito del río Argún,
tan majestuoso como una epopeya,

① Tela de seda utilizada por los pueblos mongoles y tibetanos como ritual. Prenda imprescindible en las actividades sociales. [N. del T.]

tan fuerte por su dolor,
tan glorioso por su fortaleza.

A lo largo del río Argún,
las nubes de mi alma retornan a la fuente de su manantial;
valentía y pericia son el emblema de mi clan.

El tug[①] manifiesta su infinita energía
buscando memorias ancestrales como el humo
rindiendo culto a los espíritus heroicos como un arcoíris
Es una pena no haber nacido hace ochocientos años
lo único que puedo hacer es poner en alto mi corazón
en señal de admiración y respeto.

Siento un corazón generoso
palpitar heroicamente por más de mil años.
Cantos que han sonado por la primera persona de la eternidad
La música del *morinkhuur*[②] se anida en el viento,
la mirada de los caudales del río ven hacia atrás amorosamente,

---

① Báculo de la etnia mongola que sirve como medio de comunicación entre los hombres y los dioses. [N. del T.]

② Instrumento tradicional de cuerdas de la etnia mongola. [N. del T.]

mientras que una mortal como yo se sublima;

alma frágil brillante y translúcida,

en tanto que mis fantasías son un resplandor perseverante.

A lo largo del río Argún,

estoy impregnada del rocío de aquel néctar materno,

pradera que no se logra tupir de nubes blancas,

vasto paisaje en un camino sin fin.

El destello de las estrellas enriquecen el diálogo nocturno del río

belleza y espíritu acumulan fuerzas para seguir adelante,

restringida pasión sumergida en el agua;

los sueños son aún más largos y perdurables que la propia vida.

El río Argún, madre de los ríos,

olas de tierra verde pura,

tierra natal de un ecosistema natural,

y yo soy un pescado,

desplazándome en las aguas de la memoria de mi pueblo

Argún y el tiempo del río emanan de la misma fuente,

desvaneciendo la afluencia de mi espera por más de mil años.

Hermosa flor *sagerang* abierta a lo largo de su costa.

Yo, hija de la pradera. Estupefacta.

El río Argún pertenece al pueblo mongol,

así como la madre a la vida.

Pintoresco y dotado de rima el río Argún,

el *changdiao*[①] de Mongolia es igual de suave y extenso.

Lo único que puedo hacer es esperar,

observar, aguardar, esperar…

hasta que mis lágrimas estén llenas de plasma.

① En el lenguaje musical, se refiere a la vocal ú nica de los cantos del pueblo mongol. [N. del T.]

Viento de la pradera, amor por la tierra amarilla

El vasto cielo,

la luz de la luna, como el agua, tiene un sentido profundo

acariciando el cielo nocturno poblado de estrellas,

miro a la lejanía absorta en mis pensamientos

Mirada que surca el cielo azul

árbol del pensamiento que crece en las llanuras del espíritu

haciendo una reverencia a la tierra y al extenso firmamento

suelto las riendas de mis pensamientos.

La raíz en las profundidades de la pradera

diseminada entre los pastores y la fragancia de la leche

El hombre sobre la tierra amarilla

intima con la soja y el sorgo

Mi pueblo natal y original

par vigoroso

debo retribuirle doblemente;

amor ilimitado en un tiempo limitado.

La vasta pradera me hace más grande y poderosa
el grosor de la tierra me hace más simple y bondadosa
lo que tenga que llegar, llegará a tiempo
que con el paso de los años
lo predestinado sea providencial.

Amor por mi pueblo natal

Aquella palabra hace tiempo que ha dado a luz
o tal vez sea como el grano al sol
o como los cultivos de soja y sorgo
que brotan en el fértil o estéril campo

incluso a lo largo de todo el pasto
nace de la manera más simple y natural
así como crecen las acacias;
sueños y recuerdos de mi pueblo

Cada noche de luna clara
resuena tenue una difusa melodía
el sonido del cielo sobre todas las cosas
con un temblor familiar y lejano vibra los nervios

Una orientación del corazón,
la raíz más profunda
habita en la trascendencia duradera
con la cual coexistimos por toda la vida

Música alrededor del montículo de piedras

Hace que mi corazón salte
que te fascines por el sonido del morinkhuur
proveniente del montículo en la loma de los pastizales de la Ruta
de la Seda
lugar de encuentro de la mirada de poetas de treinta y seis países
sonido melodioso y palpable que traspasa los sueños de los
presentes;
cada corazón se agita en el sonido del edén

Porque la pradera es vasta y la carpa alta y espaciosa,
la gama sonora del morinkhuur es amplia
Ya que los corceles galopan dejando sus huellas sobre el césped
de jade,
el ritmo del morinkhuur es tan vigoroso y apasionado
Por la larga vena de los héroes incesantes
las cuerdas del morinkhuur reverberan por miles de años

Las leyendas de los pueblos sobre los lomos de los potros son conmovedoras

es el mismo lugar donde los héroes montan sus caballos

Al levantar la blanca *hada*

diferentes voces cantan la misma melodía

Al servir las copas de oro y plata

tú y yo nos embriagamos por el néctar del alcohol

Pastorear

Aguardar al hogar

amor profundo por mi tierra

es como estar en el paraíso

mantengo mis votos de afecto y pasión

cuando el sonido del morinkhuur resuena en el viento

Arriba del tiempo

Arriba del tiempo
escucha el canto del viento
la rima de flores voladoras y libres tan ligera como un sueño
los años sobrepasan cualquier elogio

Arriba del tiempo
déjame usar las alas del *ganso salvaje*①
mi epílogo traspasa el vasto cielo, nubes y montañas
el amor es más perdurable en los caudales de agua y las altas montañas
que pernoctan en el karma de las cuatro estaciones

Arriba del tiempo
los años pasan pero permanecen las nubes blancas
bajo la luz solar las sedas se agrietan con fervor
bajo la luz lunar, las ramas del lauredal desprenden su aroma

---

① Parte de un refr á n literario que habla del sentimiento de nostalgia de la gente errante. [N. del T.]

Arriba del tiempo

mi corazón se dirige a la lejanía de la poesía

largo y pleno como el *changdiao*

viendo la puesta del sol acompañada por un rebaño de cabras

Arriba del tiempo

A pesar de su curso, de la luz y de las sombras

las mangas permanecen impregnadas del aroma de las flores

obsesiones mundanas se convierten en la perseverancia grabada
　en el corazón

como mi amor, por siempre.

Siempre caminando

En la pradera, soy una extensión de ella
en el riachuelo, soy la corriente de su caudal
al toparme con una manada de equinos y un rebaño de ovejas
yo soy aquel buey, caballo y oveja amándose el uno al otro en los pastizales
El barlovento se encuentra con el *changdiao* del pastor
convirtiéndome en una larga nota musical
los hombres que viven de esa agua y de ese pasto son mis antepasados
pastoreando por días enteros del sol a la luna
los fuertes pliegues de las ruedas del carruaje de madera ya están agrietados
las nubes vienen y el viento pasa
transmitiendo aquellas historias románticas y no tanto
la lejanía me hace un llamado
siempre caminando y volviendo a caminar
cada pequeño pasto en el camino
alza su bandera verde para darme ánimo
el viento primaveral de marzo tiñe de verde mi amor desenfrenado

la felicidad se encuentra justo en seguir avanzando

desde que se abre el telón del cielo

destinado a no ser cuestionado

el tiempo es una montura sin descanso

y mientras más alejada ande, más elevada por las herraduras andaré

No es necesario mirar alrededor

ya que mi tierra se encuentra en todas direcciones

el viento en las alturas prende mi añoranza

y arruga las hebras de mi nostalgia

da rienda suelta al alma pero sin que esta se pierda.

Cada montículo de piedra es una señal en el camino

adopto a la pradera para llevarla a casa

¡Soy un peregrino en movimiento!

sin descanso en busca de los sueños y lo bello

作者简介：

萨仁图娅（1949—），女，蒙古族。辽宁北票人。1968 年开始发表作品。1990 年加入中国作家协会。著有诗集《当暮色渐蓝》《梦月》《梦魂依旧》，随笔集《保鲜心情》，报告文学集《女孩·女孩》，人物传记《尹湛纳希》等 40 余部。《当暮色渐蓝》获第三届全国少数民族文学创作奖，《尹湛纳希》获第八届全国少数民族文学创作"骏马奖"。辽宁省委、省政府授予"优秀专家"称号。国际诗人笔会颁授"中国当代诗人突出贡献金奖"。

汉文译蒙古文译者简介：

宝音贺希格（1962—），蒙古族。诗人，译者，图书编辑。著作有《九十九只黑山羊》（诗集，蒙古文），《怀情的原形》（诗文集，日文），《宇宙宝丽来相机：谷川俊太郎自选诗集》（汉文）等多部。

汉文译西班牙文译者简介：

梦多（Pablo E. Mendoza Ruiz），1983 年出生于墨西哥城。2006 年，墨西哥国立自治大学电影艺术学院本科毕业。2006 年，墨西哥国立自治大学的国家外语、语言学和翻译学院汉语专业毕业。2007 年，考入北京电影学院导演系硕士研究生。目前在墨西哥国立自治大学驻华代表处"墨西哥研究中心"工作以及当北京外国语大学西葡语学院外教老师。

白玛央金

星火与时间

难以形容的，饱满的，轻快的
介于有形与无形之间的
时间啊，从不扭曲变形的甬道
一片叶足以证明你
缺乏谎言的力量

他的生命止于鼻息
止于至善的火焰
和唇齿流香的草原

他像优容的牧羊人
在广袤的大地上竖起脆弱的旗杆
行走，塑造，发现，埋葬
不具备犯上作乱的能力
勇往，遇见无数勇往的人

淡然，是活着的嫩绿
让苦中有了一丝甜蜜的星火

帆风中经久不衰的河流

许是一条，一片，一汪流徙的阳光

普姆雍措[1]

它是天的延展，或幽居于群山中兀自嬉戏的精灵
它是柔波中的天然语言，又是苦雨凄风中残缺的笛

用云的心思，听无数跫音远足
阳光、波纹，盘旋于心的长唳，复成为旷世者的傲娇
不曾亵渎，蓝色的依恋随着淋漓的年华在湖面荡漾

轻声哼起长歌，我的发鬓被微风拂动
我听见光与影摩擦的声音，目睹羚羊闻声脱逃的矫健

这无可匹敌的蓝许是素心的梯田
我在这里沉湎，又在这里惊醒
真相已逼近，倏然间，一群黑颈鹤腾空而起

① 普姆雍措，西藏山南地区的一个湖泊。

深陷故乡

月光刚落地
一些细节陡然被点亮
此时　雨翩跹而过
昙花盛开　飞翔的鸟儿
像另一朵花开在浩空
两种美好谁也停不下来

唯有我
深陷在故乡的土地上
像春天的花蕾
紧紧攥着内心的芬芳
担心一绽放　故乡就会凋谢了

拒绝

寺墙外，夜黑了很久
无比庄重

我在明处逃荒，食人间烟火
明处即便看不清箭离弦
多少目睹了
射穿胸膛瞬间的永恒

为此，我拒绝黑夜无数年

雨季

血液簌簌作响
暴雨力透日子的阳线，窗外一片潮湿
弓弩手顿住思修，收回自戕的箭

荒漠已染成隽永的颜色
如血管里生长的执念

雨势骁勇，跨越了虹蜺
与云雾织一张细密的网

诚然，出逃是敬畏的过程
汹涌且惶恐

谈论一只羚羊的跳跃

和你谈论一只羚羊的跳跃时
风刮得紧　雪依旧在下
你眼里有雪　冷寂了我文字中的幽灵

我纤细的手指弹奏过大雁落地的哀声
也沿着山脊　触摸过古寺记忆的残垣
就这样　远远的
指尖像锋刃　剥离内心清亮的油灯
我迈不开微微颤抖的步子
此时此刻　此时此刻
你想过要敲响滩头渐自泯灭的钟声吗

又是一排大雁自头顶掠过
像一排红色的马驹
我没有鲜嫩的刍草　没有金色的马鞍
我的目光荒蛮
我决定视而不见

初春了　才感到季节凌驾于土地之上的力量

新叶　雪花　狂风交织在一起

预示前方有命定的箴言

有五颜六色的哈达

有不知姓氏的万物之王

我丢掉幽灵

请别打问它不知去向的理由

它是一支安静的长矛

我在黎明做最后逡巡

怎样的高贵铸就了今晚的月光
万物静默　思绪的花朵盛开
一把银质腰刀　从山后向上托举
那是疏朗的雪山高挂在了宇宙的鬓毛上

我迷恋阳光的舞蹈　海浪的娇嗔
但从未设想过这样的夜晚会在我眼前盛放
远方的人啊　可曾记得捎给你的月的翩羽
那时暗淡的群山中我将自己点亮
用悄悄绽放的夜晚
给大地置换了一个温柔的念头

秋又来临　天越飞越高
我抓住云彩　抓住鹰的重生
一颗圆滚的月亮为我加冕
我主宰了内心的狂澜和波光中的粼粼
加诸内心一个晴朗的早晨
这是否证明某种永生以爱的名义

也许我在黎明做最后逡巡

梳理一生不足以喟叹的忧郁

那些包容苍生的豁达啊

必定剥离出寂静的雪山

在洁白与明月清风的纯粹中

还大地最为长久的注视

感动

又一次　索南朝着佛的方向
敬奉了一潭深不见底的湖水
湖中有鱼　沼泽和秘密花园

佛没有开口
只是感动了
手持经轮的路人甲

夜歌

月的丰腴是对黑暗的阻挡
是肌肤上滑翔的语言
让夜变得柔美而光洁

自此
我畅饮着江河的音乐
把梦托付给光明
以此打动另一半人生

这样的光景中
寂静可以拧出孤独
时光倒塌　谁会站在视线尽头
撩拨秋夜晦涩的歌声

趁夜抚平黑暗
宽宥一滴水的波浪
还有半壁翎羽的傲娇和块垒
让歌声在黎明前破晓

པད་མ་དབྱངས་ཅན་གྱི་སྙན་ངག

མེ་སྟག་དང་དུས་ཚོད།

སྒྲ་བསམ་བརྗོད་འདས་ཀྱི གང་ཞིང་མྱུར་བ་ཡི
གཟུགས་ཡོད་དང་གཟུགས་མེད་པར་གྱི
དུས་ཚོད་ཀྱི ནམ་ཡང་གཟུགས་མི་འགྱུར་བའི་བར་ཁྱམས
ལོ་མ་ལེབ་མོ་གཅིག་ཙམ་གྱིས་ཀྱང་ཁྱིད་ཀྱི
རྫུན་གཏམ་དང་བྲལ་བའི་སྟོབས་ཤུགས་ར་སྤྲོད་བྱེད་ཐུབ

ཁོང་གི་ཚེ་སྲོག་སྣ་སྒོ་རུ་འགག་པར་གྱུར
མཆོག་ཏུ་དགེ་བའི་མེ་ལྕེ་དང
བརྗོད་མེད་འཇགས་པའི་སྤང་ལྗོངས་སུ་འགག་པར་གྱུར

ཁོང་ཉིད་སྣོ་ཁོག་ཆེ་བའི་ལུག་རྫི་ཞིག་ནང་བཞིན
ས་གཞི་ཆེན་པོ་རུ་ཉམ་ཆུང་བའི་དར་ཤིང་བསླངས
འགྲོ་ཞོར་བཟོས་ཤིང རྗེད་ཞོར་ས་རུ་སྦས་པས
གྱེན་རྒོལ་ངོ་ལོག་གི་ནུས་པ་ཞིག་ག་ལ་ཡོད
ཞུམ་མེད ཞུམ་མེད་ཀྱི་སྐྱེ་བོ་གྲངས་མེད་དང་འཕྲད

ཞི་ཞིང་ལྡོད་པ་ནི་གསོན་པ་ཡི་ལྗང་མྱུག་ཉིད
དཀའ་སྡུག་གི་གློང་དུ་ཞིམ་མངར་གྱི་མེ་སྟག་ཕྲ་མོ་ཞིག
གཡོར་རླུང་གི་ཁྲོད་དུ་ཉམས་པ་མེད་པའི་གཙང་པོ་ནི
ཉི་ཐིག་ལེབ་མོ་ཙམ་མམ་བཞུར་གྱིན་པའི་ཉི་མའི་གཙང་པོའོ

ཕུ་མ་གཡུ་མཚོ།

གནམ་གྱི་མཐའ་བརྒྱངས་པའམ　རི་ཚོགས་ཁྲོད་དུ་གཅིག་པུ་སྦས་ཤིང་
　རྗེན་པའི་དྲི་ཟ
འཛམ་མཉེན་སློང་གི་མ་བཅོས་ལྷུན་གྲུབ་ཀྱི་སྐད་ཆ　ཁ་ཆར་བུ་ཡུག་
　ནང་གི་སླིང་བུ་ཆག་རོ

སྤྲིན་གྱི་སྣ་ཁས　རྒྱང་རིང་བསྐྱོད་པའི་གོམ་སྟབ་གྲངས་མེད་ཞན　ཉི་འོད་
　དང་རླབས་རིས
སེམས་ཀྱི་མཁའ་ལ་ལྡིང་སྐོར་རྒྱག་པའི་སྐད་ངག་རིང་མོ　སྐྱེས་བུ་
　རླབས་ཆེན་གྱི་ང་རྒྱལ་ལ
ཁྲིད་གསོད་མ་བྱས　དྭན་ཤིང་སྔོན་མོ་བག་ཡངས་ལོ་ཟླ་དང་ལྡན་ཅིག་
　མཚོ་ངོས་སུ་འཁྱོ

དབྱངས་རྟ་རིང་མོ་ངག་ལ་གྱེར　བདག་གི་ཨམ་སྐྲ་རླུང་གིས་སྦྲུལ་ཙམ་
　བྱས
བདག་གིས་འོད་ཟུན་འཐབ་པའི་སྐྲ་ཐོས་ཤིང　གཙོད་ཀྱི་འགྲོ་སྟབས་

མཉེན་མོ་མཐོང

འགྲན་ཟླ་མེད་པའི་སྔོ་མདོག་འདི་ནི་གཞི་སེམས་ཀྱི་སྐྲས་ཞིང་ཡིན་ཡང་
སྲིད

བདག་ནི་འདི་ཡི་གློང་དུ་སིམ་ཞིང　སླར་ཡང་འདི་ལས་དངངས་སད་
བྱུང

བདེན་པ་ཉེ་བར་སླེབས　སྐད་ཅིག་ལ་ཁྲུང་ཁྲུང་སྐྱེ་ནག་ཁྱུ་ཞིག་མཁའ་ལ་
མཆོང

ཕ་ཡུལ་གྱི་གཏིང་དུ་ལྷུང་བ།

ཟླ་འོད་ས་ཏུ་ལྷུང་མ་ཐག
ཞིབ་ཆ་ཁག་ཅིག་སྐད་ཅིག་ངང་གསལ་བར་བྱས
སྐབས་དེར ཆར་པ་ལྷེམ་འཁྱུག་འཁྱུག་ཕྱིན་སོང
ཨུ་དུམ་བྭ་ར་བཞད འཕུར་གྱིན་པའི་འདབ་ཆགས་ནི
སྟོང་དབྱིངས་ཀྱི་མེ་ཏོག་གཞན་ཞིག་དང་གཉིས་སུ་མེད
མཛེས་པ་དེ་གཉིས་གང་ཡང་རྫོགས་མེད་དུ་གནས

ང་རང་ཁོ་ན
ཕ་ཡུལ་གྱི་ས་གཞིའི་གཏིང་དུ་ལྷུང་ནས
དཔྱིད་ཀའི་མེ་ཏོག་གི་གང་བུ་ནང་བཞིན
ནང་སེམས་ཀྱི་དྲི་བསུང་དམ་དུ་བསྡམས་ནས
བཞད་མ་ཐག་ཏུ་ཕ་ཡུལ་ཉམས་འགྲོ་བར་སེམས་ཁྲལ་བྱས

白玛央金

ངང་ཏུ་མི་ལེན་པ།

དགོན་གྱང་གི་ཕྱི་རུ   མུན་རུབ་ནས་ཡུན་རིང་འགོར
བབ་བརྙིང་བརྗེད་ཉམས་ཆེ

ང་རང་མངོན་ས་རུ་ཐུག་ཕྱོལ་བྱས   མི་ཡུལ་དུ་ཁྱིམ་ཚང་བཟོས
མངོན་ས་རུ་མདའ་མོ་ལྷུང་ལས་ཤོར་བ་མི་མཐོང་ཡང
མདའ་མོས་བྲང་ཁོག་ཕུག་པའི་རྟག་བརྟན་གྱི་སྐད་ཅིག་དེ
གང་ལྟར་ཡང་མཐོང་མྱོང་ཡོད

དེའི་ཕྱིར   ངས་མུན་པ་དང་དུ་མ་བླངས་པོ་མང་འགོར

ཆར་དུས།

ཁྲག་ཐིགས་ཉིལ་ཉིལ་དུ་ལྷུང
དྲག་ཆར་གྱིས་ཉིན་མོའི་གདགས་ཐིག་བརྗོལ　སྐེའུ་ཁྲུང་ཕྱི་རུ་
　བརླན་ཅག་ཅག
མདའ་མཁན་ཉིད་སྨོམ་ལ་ཞུགས　རང་ཤི་ཀྱུག་པའི་མདའ་མོ་ཕྱིར་བཏོན

ཀྱི་ངམ་ཐང་ལ་འགྱུར་མེད་རྟག་བརྟན་གྱི་ཁ་དོག་བཀོས
ཁྲག་རྩ་རུ་སྐྱི་བཞིན་པའི་མཁྲིགས་འཛིན་དང་འདྲ་བར
ཆར་ལ་དཔའ་རྩལ་ཆེ　འཇའ་ཚོན་དང་དུ་སྤྲིན་གྱིས་བསླིས་པའི
ཞིབ་ཅིང་ཕྲ་བའི་དྲ་རྒྱ་དེ་བཀལ་བར་བྱས

ཏན་ཏན　སྒྲོས་རྒྱོལ་ནི་གྲུས་བཀུར་གྱི་གོ་རིམ་རང་རེད
སེམས་ཚོར་ཡང་ཡོང་འཕྱུར་ཞིང་དངངས་སྐྲག་ཀྱང་ཆེ

གཙོད་ཅིག་གི་མཆོང་སྟབས་སྦྱོང་བ།

ཁྱེད་དང་གཙོད་ཅིག་གི་མཆོང་སྟབས་སྦྱོང་དུས
ལྷུང་ཆེ་ཞིང་ཁ་བ་ད་དུང་འབབ་བཞིན་ཡོད
ཁྱེད་མིག་ནང་གི་ཁ་བས ངའི་ཡི་གེའི་གློང་གི་རྣམ་ཤེས་འཁྱག་པར་བྱས

ངའི་སོར་མོ་མཉེན་མོས་ཁྲུང་ཁྲུང་ཐང་དུ་ལྷུང་བའི་འོ་དོད་དཀྲོལ་སྒྲོང
རི་སྐལ་དེད་ནས་གནའ་དགོན་གྱི་དྲན་པའི་ཞིག་རལ་ལའང་རེག་སྒྲོང
འདི་ལྟར་རྒྱང་ཐག་རིང་བའི
མཛུབ་རྩེ་ནི་རྡོ་གྲི་དང་འདྲ ནང་སེམས་གསལ་བའི་མར་མེ་
  བཤུ་བར་བྱས
ངས་འདར་ཤུག་ཤུག་གི་གོམ་པ་སྤོ་ཐབས་བྲལ
སྐབས་འདི་ལ སྐབས་འདི་ལ
ཁྱེད་ཀྱིས་ག་ལེར་ཉམས་ཀྱིན་པའི་ཆུ་འགྲམ་གྱི་ཅོང་སྒྲ་དེ་སྒྲོག་རྒྱུ་
  དྲན་ཡོད་དམ

སླར་ཡང་ཁྲིང་ཁྲིང་བསྐར་གཅིག་མགོ་ཐོག་ནས་འཕུར་ཏེ་ཕྱིན
རྗེའུ་དམར་པོ་བསྐར་གཅིག་དང་གཉིས་སུ་མེད
ང་ལ་གསོ་རྩྭ་གསར་པ་མེད　ང་ལ་ཧྲ་སྨ་སེར་པོ་མེད
ང་ཡི་མིག་མདངས་སྟོང་ཏང་ཏང་དུ་གྱུར
ང་ཡིས་མཐོང་ཡང་མ་མཐོང་ཁུལ་བྱས

དཔྱིད་མགོ་ལ་ད་གཟོད་ས་གཞིའི་སྟེང་གི་དུས་ཚོགས་ཀྱི་
སྟོབས་ཤུགས་ཚོར
རླུང་འཚུབ་ཁྲོད་ཀྱི་ལོ་མ་གསར་པ་དང་ཁ་བའི་འདབ་མས
མ་འོངས་པར་ལས་བསྐོས་ཀྱི་ལེགས་བཤད་ཅིག་ཡོད་པ་སྟོན
ཁ་དོག་སྣ་ལྔ་ལྡན་པའི་ཁ་བཏགས་དང
རིགས་ཏུས་མི་ཤེས་པའི་སྲིད་རྒྱལ་ཡོད་པ་སྟོན

ངས་རྣམ་ཤེས་ཐོར་བར་བྱས
དེ་ཉིད་གར་སོང་མི་ཤེས་པའི་རྒྱུ་མཚན་འདྲི་བར་མ་བྱེད
དེ་ནི་ཁ་ཁུ་སིམ་པོའི་མདུང་རིང་ཞིག་གོ

ང་ཡི་ཐོ་རེངས་ཁའི་སེམས་ཀྱི་མཐའ་མ།

རྨད་བྱུང་ག་འདྲ་ཞིག་གིས་རྡོ་ནུབ་ཀྱི་ཟླ་འོད་བཟློས
ཆོས་རྣམས་ཞི་ཞིང་འཛགས བསམ་བློའི་མེ་ཏོག་བཞད
དངུལ་གྱི་སྒྲོ་གྲི་ཞིག་རི་རྒྱབ་ནས་གནམ་ལ་བརྟེགས
གསལ་ཞིང་འཚེར་བའི་གངས་རི་སྲིད་པའི་ཨམ་སྐྲ་ལ་བཀལ

ང་རང་ཉི་འོད་ཀྱི་གར་དང མཚོ་རླབས་ཀྱི་མཆོར་སྙེག་ལ་མོས་ནའང
མཚན་མོ་འདི་འདྲ་ཞིག་མིག་ལམ་དུ་བཞད་སྲིད་པ་ཡིད་ལ་ཤར་མྱོང་མེད
རྒྱང་རིང་གི་སྐྱེ་བོ་ལགས ཁྱེད་ལ་སྤྲིངས་པའི་ཟླ་བའི་གཤོག་སྒྲོ་དྲན་ནམ
དུས་དེར་ངས་སྨག་གནག་པའི་རི་ཚོགས་ཁྲོད་རང་ཉིད་གསལ་བར་བྱས
དལ་ཅག་གེར་བཞད་པའི་མཚན་མོ་ཡིས
ས་ཆེན་པོ་ལ་འཛམ་མཉེན་གྱི་བསམ་བློ་ཞིག་གཟུང་འཇུག་བྱས

སྔོན་ཁ་བསྐྱར་དུ་སླེབས་ཤིང ནམ་མཁའ་མཐོ་ནས་མཐོ་རུ་འཕུར
ང་ཡིས་སྤྲིན་པ་བཟུང་ཞིང བྱ་རྒོད་ཀྱི་བསྐྱར་གསོན་བཟུང
ལྷུམ་ཞིང་ལྷུམ་པའི་ཟླ་བ་ཞིག་གིས་ང་རང་གསེར་ཁྲིར་བཏོན

ང་ཡིས་སེམས་ཀྱི་ཟ་ཟླབས་དང་འོད་ལམ་ལམ་གྱི་རྒྱུ་རྫས་བདག་གིར་བྱས
སེམས་ཀྱི་གཙང་ཞིང་དྭངས་པའི་ཞོགས་པ་ཞིག་བདག་གིར་བྱས
འདི་ནི་བརྩེ་བའི་མིང་ཁྱེར་བའི་རྟག་བརྟན་རིགས་ཤིག་གི་བདེན་དཔང་
ཨེ་ཡིན

གཅིག་བྱས་ན་ང་རང་ཐོ་རེངས་ཁའི་སོམ་ཉི་ཐ་མ་དེ་ཙུ་ཚུད་ཡོད་ངེས
ཤུགས་རིང་འཁྱིན་རན་མེད་པའི་མི་ཚེ་གཅིག་གི་སྙིང་སེམས་ལ་
ཕྱིར་དྲན་བྱས
སེམས་ཅན་ཐམས་ཅད་ལ་བཟོད་སྒོམ་ནུས་པའི་ཀློ་གཡོགས་ཆེན་པོ
ཞི་ཞིང་འཇགས་པའི་གངས་རི་ལས་ཡོངས་སུ་བརྒྱལ་ནས
དཀར་གསལ་ཟླ་འོད་དང་རླུང་བུའི་དག་སྣང་འབབ་ཞིག་ཏུ
ས་ཆེན་པོ་ལ་ཆེས་ཆེར་རིང་བའི་ཅེར་ལྟ་ཐེངས་ཤིག་བྱེད་ངེས

སེམས་འགྲུལ་ཐེབས་པ།

སླར་ཡང་ཐེངས་ཤིག་ལ བསོད་ནམས་སངས་རྒྱས་ལ་ཕྱོགས་ཏེ
གཏིང་མཐའ་མི་དཔོག་པའི་མཚོའུ་ཆུ་ཞིག་མཆོད་འབུལ་བྱས
མཚོ་ནང་དུ་ཉ་དང འདམ་རྫབ་དང་གསང་བའི་ལྗུམ་ར་ཡོད

སངས་རྒྱས་ཀྱིས་གསུང་མི་འགྲོན
སེམས་འགྲུལ་ཐེབས་པ་ཙམ་བྱས
ལག་འཁོར་ཐོགས་པའི་ལམ་འགྲོ་བ་ཆེ་གེ་མོ

མཚན་སྒྲ།

ཟླ་བའི་འཁོར་ལྷུག་ནི་མུན་ནག་གི་གེགས་རྗེའོ
སྐྱེ་ཤུན་སྙིང་དུ་ཤུད་པའི་སྐད་ཡིག་གོ
མཚན་མོ་འཇམ་ཞིང་འོད་ཀྱིས་དྭངས་པར་བྱས

དེ་ནས་བཟུང
ངས་གཙང་ཆུ་ཡི་རོལ་དབྱངས་རུབ་ཀྱིས་བཏུངས
རྨི་ལམ་འོད་སྣང་ལ་བཙོལ་ཏེ
མི་ཚེ་ཕྱེད་ཀ་སེམས་འགུལ་ཐེབས་པར་བྱས

འདི་ལྟ་བུའི་དུས་སྐབས་ནང་དུ
ཞི་འཇགས་ཀྱི་ནང་ནས་ཁེར་རྐྱང་འཚོར་ཚོག
དུས་ཚོད་རྗེབ་པར་འགྱུར　　མཐོང་ལམ་གྱི་སྣེ་ཏུ་འཁྱེར་ནས
གོ་བར་དཀའ་བའི་སྟོན་མཚན་གྱི་སྨྱུ་ངག་སུ་ཞིག་ལེན

མཚན་ལ་བསྟུན་ནས་མུན་པར་བྱིལ་བྱིལ་བྱས

ཆུ་ཐིགས་ཤིག་གི་རླབས་རིས་ལ་གུ་ཡངས་བཏང

ད་དུང་གཞོག་སྒྲོ་ཕྱིད་ཙམ་གྱི་ང་རྒྱལ་དང་ཁོང་ཁྲོ

ཐོ་རེངས་མ་ཤར་སྔོན་ལ་སླུ་སྐད་གསལ་བར་བྱས

POEMAS DE BAIMA YANGJIN

La centella y el tiempo

Difícil describirlo: total, rapaz
entre lo palpable e intangible.
¡El tiempo!, pasaje que nunca se ha distorsionado.
Basta una hoja para dar fe de tu existencia,
careces de energía para mentir.

Su vida se detiene en el aliento
en la llama de la bondad
la pradera fragante que fluye por dientes y labios.

Es como un pastor en gracia:
en la gran tierra levanta la frágil asta bandera.
Camina, da forma, descubre, entierra,
carece de cualquier habilidad para generar desorden.
Osado, se encuentra con un sinfín de personas valientes.

Es el verdor suave, indiferente, vivo:
permite que en el sufrimiento haya chispas de dulzura.

El río duradero que navega con el viento en popa

es un trozo, una pieza, un cieno de sol emigrante.

El lago Pumyuncuo

Es la extensión del cielo,
espíritus que habitan y retozan en las montañas.
Es el lenguaje natural que pernocta en sus suaves ondas,
la flauta rota entre la lluvia y el viento.

Con mente de nube
escucha innumerables pasos perdidos.
Luz del sol, rizos del agua, grito extenso que pende en el corazón
renacen en el orgullo de la otredad.
Nunca ha sido profanado, cariño azul, que a lo largo de los años
vividos ondula en el lago.

Tarareo un largo canto, mi cabellera se mueve por la suave brisa.
Escucho el sonido del roce de la luz y las sombras, testigos del
vigoroso escape de un antílope.

Este azul sin par son las terrazas de cultivo del corazón puro.
Me encuentro aquí sumergida y me despierto.

La verdad se acerca cuando una parvada de grullas de cuello negro
emprende el vuelo hacia el cielo.

En las profundidades de la tierra natal

Cuando aterriza la luz de la luna
algunos detalles se iluminan de pronto.
En este instante la lluvia pasa volando
epifanía en floración, pájaros en vuelo
como si fueran otra flor que prospera en el aire
dos hermosuras imparables.

Sólo yo
en las profundidades de mi pueblo natal
como un brote primaveral
sostengo la fragancia de mi corazón con fuerza
con el temor de que, una vez que florezca, se marchite mi tierra natal.

Rechazo

En la muralla del templo la noche es eterna,
incomparable solemnidad.
En ese punto brillante huyo del hambre, me lío con
fuegos y humos mundanos.
Incluso ya no se distingue la flecha fuera de la cuerda en el
punto brillante.
De algún modo he sido testigo
de la eternidad, al momento de ser flechada en el pecho,
y es por ello que me niego a una noche de incontables años.

Temporada de lluvia

La sangre cruje,
la tormenta penetra los rayos solares de los días, fuera de la ventana todo está empapado.
El ballestero hace una pausa y reflexiona, retira la flecha de la autodestrucción.

El desierto se ha teñido de un color permanente
como obsesiones que crecen en los vasos sanguíneos.

La lluvia es valiente, traspasa el arcoíris
y con las nubes y la niebla teje una red fina.

Sinceramente, huir es un proceso que merece respeto,
tempestuoso y aterrorizador.

Hablando del salto de un antílope

Cuando te hablo del salto del antílope
el viento sopla fuerte y la nieve sigue cayendo.
Tu mirada tiene nieve, silencia el espectro en mis palabras.

Mis delgados dedos han tocado el lamento del ganso al caer
así como las ruinas de la memoria del antiguo templo a lo largo
de la cresta
así, a lo lejos…

Las puntas de los dedos son como filos que se desprenden
de la lámpara de aceite transparente en su interior.
No puedo dar un paso sutilmente tembloroso
en este preciso instante, en este preciso instante…
¿Alguna vez has pensado en tocar las campanadas que
desaparecen en la playa?

Otra parvada de gansos pasa por encima
como una manada de potros rojos.

No cuento con hierba fresca, ni con montura dorada.
Con mi vista salvaje
he decidido mirarlos sin verlos.

Al comienzo de la primavera siento el poder de la estación por encima de la tierra.
Nuevas hojas, nieve y viento se entremezclan
y predicen proverbios de la fortuna avante

con el hada multicolor
con el rey anónimo de todas esas cosas.

Perdí el espíritu,
por favor no preguntes hacia dónde se ha ido:
él es una lanza apacible.

Mi último titubeo al amanecer

¿Qué clase de nobleza creó esta noche la luz de la luna?
Todos los seres en la tierra están en silencio
las flores del pensamiento están en plena floración.
Un cuchillo de cintura enfundado de plata
se levanta detrás de la montaña.
Son las dispersas montañas nevadas que penden
en lo alto de las sienes del universo.

Estoy obsesionada con la danza de la luz del sol
el rugido a modo de coqueteo de las olas.
Pero nunca imaginé que una noche así
florecería ante mis ojos.
¡Ay! Los que están lejos
¿recuerdan que alguna vez obtuvieron de paso
la elegancia de la luna?
En ese momento se iluminaron
en la oscuridad de las montañas.

Valiéndome de la noche que se abría en calma
cambié un pensamiento gentil con la madre tierra.

El otoño viene de nuevo
el cielo vuela cada vez más alto.
Atrapo las nubes
Atrapo el renacimiento del águila.
Una luna llena y ondulante me corona
Domino la turbulencia de mi corazón y de las cristalinas olas
y pongo por encima una mañana clara
a mi corazón.
¿No es esto una prueba de algún tipo de inmortalidad en nombre del amor?

Quizás este es mi último titubeo al amanecer
Para cardar la melancolía de la vida
que no vale la pena anhelar.
Esa gente común de mente abierta
que es capaz de tolerar
ciertamente se alejarán
de las silenciosas montañas nevadas.

En la pureza de la blancura

la luna brillante y la clara brisa

devolverán la más amplia mirada hacia la tierra.

Conmovedor

Una vez más, Sonam[①] se dirigió hacia donde estaba Buda
para venerar las aguas de un lago que no se podía ver el fondo.
En el lago había peces, un pantano y un jardín secreto.

Buda no pronunció una sola palabra
sólo se conmovió.
Se siguió de frente desapercibido
con la rueda de la oración en la mano.

---

① Sonam Gyatso, fue el tercer Dalai Lama, y el primero en asumir el título de Dalai.

Nocturno

La opulencia de la luna es el impedimento de la obscuridad.
Es el lenguaje resbaladizo sobre la piel
que permite que la noche se transforme
en tersura y brillantez.

Desde entonces
bebo la música del río hasta saciarme
y confío mis sueños a su luminosidad
con el fin de conmover a la otra mitad de la vida.

Ante tal paisaje
el silencio puede estrujar la soledad.
Quién se parará en el límite de la visibilidad
cuando el tiempo colapse
para incitar un obtuso nocturno otoñal.

Aprovecha la noche
para calmar la obscuridad.

Perdona a las olas de una sola gota
así como al orgullo e indignación del plumaje
de la mitad de los ríos y las montañas.
Permite que la canción rompa al amanecer.

作者简介：

白玛央金，女，藏族，中国作家协会会员，西藏作家协会会员，作品散见于《诗刊》《民族文学》等多种文学刊物，有作品入选《2020 中国诗歌年选》等众多选本。部分作品由日本汉学家竹内新先生翻译成日文在日本《诗与思想》刊出，出版诗集《滴雨的松石》《一粒青稞的舞蹈》等。

汉文译藏文译者简介：

吉多加，藏族，1985 年生，青海省同德人。《民族文学》副编审。出版有专著《藏族现代诗学》《藏族小说体裁与叙事结构》，诗集《幻觉》，译作《小王子》《献给爱米丽的一朵玫瑰花：世界经典短篇小说选》，编著《藏族女作家论创作》《世界文学经典选（一）》《世界文学经典选（二）》。

汉文译西班牙文译者简介：

Mónica Alejandra Ching Hernández（陈雅轩），北京大学外国语学院西葡语系 2020—2021 年外国专家。

梦多（Pablo E. Mendoza Ruiz），1983 年出生于墨西哥城。2006 年，墨西哥国立自治大学电影艺术学院本科毕业。2006 年，墨西哥国立自治大学的国家外语、语言学和翻译学院汉语专业毕业。2007 年，考入北京电影学院导演系硕士研究生。目前在墨西哥国立自治大学驻华代表处“墨西哥研究中心”工作以及当北京外国语大学西葡语学院外教老师。

吾衣古尔尼沙·肉孜沙依提

思念春天

为了迎接诺如孜春天
我敞开我的盛宴
你成为我的春天，来到我身旁
好比那相思的鸟儿
我心灵的园林
已是春意盎然

难道是春天把你请来
或者是春天
尾随你的足迹
一股强劲的恋情油然而生
却是无声无息
我期待着那份相遇

并非只有我一人
整个大地，或者宇宙
春草和一切
都在吟诵春天

我也要用我的婀娜

轻轻呼唤

我知道

此时此刻

你就在我的眼里晶莹

午夜私语

我一直在等待那么一天
笑容写在我的期待里
我沉浸在恬静的生活中
给人生标注了一个主题
上面写着，相守
悄悄告诉自己
平静是沸腾的前夜

你或许知道
我总在期待
用微笑填补生活的空白
日渐汹涌
即便有人说三道四
我也会迎刃而上

期待便是我的志向
我永远期待
从季节走向光年

白天充满希望

或与夜晚窃窃私语

站立着，挺立着

眼液里的盐分

滋养春天的花朵

深沉的爱

你不曾给我表白的机会
缠绵的情
只能成为甜蜜的梦
一股深沉的热流
在血脉里流淌
一颗滚烫的泪
悬在眼帘

仿佛一场梦
你悄然远去
我把我的忧伤
写在一片秋叶上
青春仿佛凋零
你还是倾听一下
我的唇间还涎着一份真情

眼前泛起一层薄雾
心上涌起一股浪花

我坚守着信念

即便你是他人之恋

而我

永远属于你一人

无题

锁住我心扉的那把锁
钥匙还在你胸前
你每次的回眸
都将射杀我心灵
你是我的春
是我的心

情丝纷纷飘落
我并不认为那是雪花
那是爱的思念
你的手像风一样
轻轻抚摸我的羞涩
还能医治每一次的忧伤

夜之后
注定是一片黎明
你的阳光
总是我浓妆时的粉底

我见过那些河流和小溪

还有激流

那都算不了什么

因为你的爱好比大海

父亲与诗歌

如果不是你的点燃
我心中怎会有熊熊烈火
如若不是你的播撒
我笔尖怎会有诗的芬芳
我心中隐藏着许多谜
那里是珍藏所有秘密的家园
倘若不是你的养育
我的语言怎会如此甜蜜

我的名字是诗
自己也是
还有我的情怀
假如没有你的陪伴
我写出的还是否有诗韵
是你，我的父亲
给我的人生镀上了一层金箔
再比如，我心中没有满满的爱
手中的笔也会无语

我所有的爱都因为有你

假如不是你为我开路

此生我注定会迷失方向

我被宠着，爱着

因此我便有了超人的自信

我之所以成为我

那是你给予的阳光

和取之不竭的尊严

远去的诗歌

其实
你是我心中最神圣的诗
偶尔也会出现
韵脚失调
音节走调
写了很久
可就是未能完稿

我反复删改
但还是离韵味很远
我无法控制自己
仿佛一场梦
我怎能决定它的存在

或许那不是诗
仅仅是思绪
因此写也写不完
一首诗好比脱缰的马

我无法驯服它

在心中驰骋

你走以后

你走以后
春天没再露出笑容
你走以后
我的夜总是精疲力尽
我花园的花朵
正经历着晚秋的凋零
你走以后
我嘹亮的声音陷入沉默

你走以后把远方留给孤独
你走以后
把熊熊烈火留给了我
群山在问，丛林在问
你的恋人去了哪里
你海阔天空
我却背负无解的难题

倘若有一天

你敞开了怀抱

放弃一切，逃到我身边

我会陷入忧伤

破碎的心，泪水无痕

我期待你

沿途洒下一路的爱

佳男，我心中的佳男

蜜一样甘甜的情郎

你留下的情殇

丝丝地缠绕着我

这已经足矣

快摘下一朵玫瑰

插在我耳旁

失去的总会是机会

青春总那么流淌

今日我把你思念

不懂真情的人
总不信思念
我把思恋揣在心里
那一片痴情
在我眼里了然
今日我把你思念

我并没有终止热恋
一遍遍书写
一次次呼唤
周身虚弱无力
只是这团烈火
依旧在沉默中燃烧
今日我把你思念

脸颊上已是春天的溪流
为了夜莺
我弹奏了一曲缠绵

所有的生灵都苏醒了

却不见你的身影

今日我把你思念

总以为你一两天就来

在我熟悉的民间

我被誉为痴情的女郎

两场雨，两场雪

都已成过去

今日我把你思念

或许我的心

会因激情而澎湃

不知何时我获知你的讯息

请你终结我的等待

今日我把你思念

（狄力木拉提·泰来提　译）

ئۇيغۇرنسا روزى سايىت

باھارغا ئاشنا بولدۇم

نورۇز ئۆچۈن سالسام داستىخان،
سەن باھار بوپ كەلدىڭ ئامرىقىم.
كاككۇك بىلەن زەينەپ مىسالى،
ئاۋات بولدى سەندە دىل بېغىم.

باھار چىللاپ كەلدىمۇ سېنى،
ياكى ساڭا ئەگەشتى باھار؟
بىر شەيدالىق سالماقتا چوقان،
بۇ ۋىسالغا قىلىپ ئىنتىزار.

مەنلا ئەمەس كائىنات شۇتاپ،
باھار كۈيلەپ قوشاقلار يازار.
قېنى مەنمۇ نازلاي، شۇرلاي،
سەن كۆزۈمدە لىققىدە باھار...

تۈندىكى پىچىرلاش

مەن شۇنداق بىر كۈننى كۈتۈپ ياشايمەن،
كۈتۈشلەر ئىچىدە «كۈلۈپ» ياشايمەن.
ھاياتقا «ۋىسال» دەپ نىشان بېكىتىپ،
ئۆزۈڭدىن ئۆزگىگە «ئۆلۈك» ياشايمەن.

بىلسەڭكى، مەن شۇنداق كۈتۈپ ياشايمەن،
كۈتكەنچە كۈچلىنىپ، قېتىپ ياشايمەن.
دۈشمەنلەر تىغ سالسا ئارىمىزغا گەر،
بىسىغا ئۆزۈمنى ئېتىپ ياشايمەن.

كۈتمەكلىك ئىرادەم، كۈتۈپ ياشايمەن،
پەسىلدىن يىللارغا ئۆتۈپ ياشايمەن.
تاڭلاردا ئۈمىد بار، تۈنلەر سىردىشىم،
تىز پۈكمەي، يېشىمنى سۈرتۈپ ياشايمەن.

تىمتاس سۆيگۈ

سۆيۈشلەرگە بەرمىدىڭ پۇرسەت،
سۆيۈشىشلەر قالدى چۈش بولۇپ.
تومۇرلاردا مىسكىن بىر ئېقىم،
قالدىم تەنھا كۆزگە ياش تولۇپ.

ئۇزاپ كەتتىڭ چۈشتەكلا گويا،
ياپراق كەبى سولدى رۇخسارىم.
ئاڭلاپ قويغىن، قۇلاق سالغىن يار،
ساڭا باردۇر سۆيگۈ ئىزھارىم.

كۆز ئالدىمنى قاپلىدى تۇمان،
يۈرەكلەرگە تولدى لىق ئارمان.
بولساڭمۇ گەر ئۆزگىلەرگە يار،
مەڭگۈ سېنىڭ، سېنىڭمەن ھامان.

تېمىسىز

يۈرىكىمگە سالغان قۇلۇپىنىڭ،
بوينۇڭدىدۇر ئاچقۇچى، يارىم.
ھەر باقمىشىڭ جاننى ئالادۇر،
ئاشىقىمسەن، پەسلى باھارىم.

قار دېمىدىم ئۇچۇپ يۈرگەننى،
سېغىنىشى ياغماقتا يارىنىڭ.
شامال بولۇپ سىيپايدۇ قولۇڭ،
داۋاسى بوپ ھەر بىر ئازارىنىڭ.

تۈندىن كېيىن ئاتار تاڭ ھامان،
قۇياش بولۇپ ئۆپۈسەن مەڭىز.
قالار ئېقىن، دەريا، ئېرىقلار،
چۈنكى، يارىم سەن چەكسىز دېڭىز...

ئاتام ۋە شېئىر

يۈرەكتە ئوت كۆيەرمىدى ياقمىسىڭىز؟
قەلەمدىن گۈل پۇرارمىدى چاچمىسىڭىز.
بارچە سىرلار ماكانىدۇر قەلبىم قەسرى،
سۆزۈمدە بال تامارمىدى ئاچمىسىڭىز.

ئىسمىم شېئىر، ئۆزۈم شېئىر، ئاشىنايىم،
يازسام شېئىر بولارمىدى بولمىسىڭىز.
شېئىر بىلەن ئۆمرۈمگە ھەل بەرگەن ئاتام،
قەلبىمگە سۆز بارمۇ لىق تولمىسىڭىز؟

مۇھەببىتىم، شەيدالىقىم سىز بىلەندۇر،
تاپارمىدىم يولۇمنى ئىز سالمىسىڭىز.
ئىززەت بىلەن تەرىپلىنىپ ماڭدىم مەغرۇر،
مەن مەن بولۇپ ئۆتەمدىم يۈز بولمىسىڭىز.

قاچقان شېئىر

سەن قەلبىمدە بۆيۈك شېئىرسەن،
بوغۇملىرى تولۇق چۈشمىگەن.
قاپىيەسى قاچقان بەزىدە،
يازغان ئۇزاق، ئەمما پۈتمىگەن.

ئۆچۈرمەن يازىمەن قايتا،
ئەمما يەنە ۋەزىندىن يىراق.
كونترولسىز چۈشۈمدەك گاھى،
نېمە قىلسۇن ئۇنىڭدا تۇراق.

شېئىر ئەمەس بەلكى كۆڭلۈمسەن،
شۇڭا يېزىپ تۈگىتەلمىگەن.
يۈگەنى يوق ئاتتەك بىر شېئىر.
مەن كۆڭلۈمگە ئۆگىتەلمىگەن.

يار كېتىپ

كۆلمىدى گۈلگۈن باھارىم سەن كېتىپ،
قالمىدى تەندە مادارىم سەن كېتىپ.
كۆز كەبى سولدى بېغىمنىڭ گۈللىرى،
سۆكۈلتتە ياڭراق سادارىم سەن كېتىپ.

سەن كېتىپ يالغۇز يىراقتا، مەن قېلىپ،
تاشلىدىڭ، ئۆچمەس پىراققا مەن قېلىپ.
تاغ سورار، باغلار سورار «يارىڭ قېنى؟»،
سەن ئازاد، سانسىز سوراققا مەن قېلىپ.

بىر كۈنى باغرىڭ ئېچىپ كەلسەڭ جانان،
ھەممىنى تاشلاپ، قېچىپ كەلسەڭ جانان.
مۇڭلىنىپ، باغرىم سۇنۇق تۆكسەم يېشىم،
يوللۇرۇم سۆيگۈڭ چېچىپ كەلسەڭ جانان.

ئەي جانان، تاتلىق جانان، شىكەر جانان،
دەردلىرىڭ قىلدى قامال، يېتەر جانان.
ئال گۈلۈڭ، قىسقىن قۇلاققا خۇش ئېتىپ،
پەيتنى تۇت، ياشلىق ئەجەپ كېتەر جانان.

بۈگۈن سېنى سېغىنىپ قالدىم

سېغىنمىدى دەيدۇ نادانلار،
سېغىنىشنى يۈرەككە سالدىم.
ئاشكارىدۇر كۆزۈمدە سەۋدا،
بۈگۈن سېنى سېغىنىپ قالدىم.

مەن كۆيۈشتىن قالمىدىم توختاپ،
يېزىپ، سۆزلەپ، تالجىقتىم ـ تالدىم.
سۈكۈتلەردە يالقۇنجار ئىشقىم،
بۈگۈن سېنى سېغىنىپ قالدىم.

مەڭزىلەردە باھار ئەگىزى،
بۇلبۇل ئۈچۈن بىر نەغمە چالدىم.
بارچە جاندار ئويغاندى سەن يوق،
بۈگۈن سېنى سېغىنىپ قالدىم.

بۈگۈن ئەتە كېلەر يايرىم دەپ،
ئەل ئىچىدە سەۋدا ئاتالدىم.

ئىككى يامغۇر، ئىككى قار كەتتى،
بۆگۈن سېنى سېغىنىپ قالدىم.

يۈرەكلىرىم ياشىرار بەلكىم،
قاچانكى بىر خەۋىرىڭ ئالدىم.
بۇ كۆتۈشكە بەرگىن خاتىمە،
بۆگۈن سېنى سېغىنىپ قالدىم!

POEMAS DE UYGURNISA ROZASAYIT

Nostalgia por la primavera

Para darle la bienvenida al Nouruz[①]

en la primavera

abro de par en par el espléndido festín

Vienes a mi lado convertido en primavera

Al igual que los tórtolos

el jardín de mi alma

se encuentra ya pletórico de la estación

Será que la primavera te convidó a venir

o es ella la que sigue tus huellas

Un poderoso enamoramiento nace espontáneo

Sin sonido ni aliento

quedo, sin embargo, a la espera de ese encuentro

No soy la única

la tierra o el universo o la hierba, todos le cantan a la primavera

① Como se le llama al Año Nuevo en la religión musulmana, que inicia en la primavera. [N. de la T.]

Yo también usaré mi gracia

para aclamarte con suavidad

Yo sé

que en este mismo instante

tu brillo destella en mis ojos

Murmullo de medianoche

Siempre he aguardado ese día
La risa está escrita en mi esperanza
inmersa en la tranquilidad de mi vida
La marco con una etiqueta
y escribo: démonos apoyo
En silencio me digo a mí misma:
la tranquilidad es la víspera de la turbulencia

Quizá ya lo sabes
Siempre he estado a la espera
Lleno el vacío de la vida con una sonrisa
que poco a poco se torna más violenta
Incluso si alguien me persuade
aún persistiré en mi marcha

La expectativa es mi ambición
Estaré esperando hasta la eternidad
colmada de esperanza

desde las estaciones hasta los años luz

Quizá hasta el murmullo de medianoche

permaneceré de pie, firme

La sal de mis ojos

nutre las flores en primavera

Amor profundo

Nunca me diste la oportunidad
de expresar sinceramente
mi obcecado sentimiento
Y lo único que pude hacer
fue convertirlo en un dulce sueño
en una corriente calurosa y profunda
que goteaba por mis venas
lágrimas pendidas de mis ojos

Como un sueño
te fuiste lejos en silencio
mientras yo escribía mi aflicción
sobre una hoja de otoño
Mi juventud se marchitó
y habría sido mejor que escucharas
atento a mis labios
que aún salivaban un amor verdadero

Frente a mis ojos flota una capa de niebla

En mi corazón emerge la espuma de las olas

mientras que yo permanezco firme

en la creencia de que

aunque seas el amor de otra persona

permaneceré siendo tuya hasta la eternidad

En tu pecho aún conservas la llave...

En tu pecho aún conservas la llave
del candado que cerró mi corazón

Cada vez que vuelves la mirada
es como un disparo en mi ser
Eres mi primavera
Eres mi alma

Los sentimientos flotan en sucesión
No creo en lo absoluto que sean hojuelas de nieve
sino la nostalgia del amor
Tu mano al igual que el viento
acaricia suavemente mi timidez
Aún es capaz de aliviar
cada uno de mis pesares

Después de caer la noche
está destinado a ser un amanecer

Tu luz

siempre será la base de mi espeso

maquillaje

He visto el flujo de esos ríos y arroyuelos

hasta de esas corrientes impetuosas

Pero son tan insignificantes

porque tu amor es comparable con la inmensidad del mar

Mi padre y la poesía

Si tú no hubieras encendido esa llama
cómo podría mi corazón tener este fuego incandescente
Si no hubiera sido por lo que me transmitiste
cómo podría mi pluma estar perfumada de poesía
Mi corazón guarda tantos enigmas
jardín que colecciona todos mis secretos
Si tú no me hubieras criado
cómo podría mi lenguaje tener dulzura
Mi nombre es poesía
Yo también lo soy
Luego están mis sentimientos
Si no tuviera tu compañía
cómo podrían tener ritmo mis versos
Has sido tú, padre mío,
quien cubriste con una pátina de oro mi ser
Si mi corazón no estuviera colmado de amor
la pluma en mis manos carecería de palabras

Todo el amor que tengo es por ti
Si tú no hubieras abierto ese sendero
todo mi ser estaría destinado a perderse
sin rumbo
Es por tus mimos y tu amor
que mi confianza se desborda
Por eso soy lo que soy ahora
Eres tú el que me otorgaste la luz
y una dignidad que no se agota

Poesía que se aleja

En verdad
tú eres mi más divina poesía
apareces también de vez en cuando
Una rima sin melodía
Una sílaba descompasada
He escrito por largo tiempo
pero no soy capaz de concluir nada

Corrijo y borro una y otra vez
pero aún está lejos de cautivar
Al igual que los sueños
está fuera de mi control
Cómo puedo decidir su existencia

Quizá no se trate de un poema
sino tan sólo de pensamientos
Por eso escribo y escribo y no concluyo
Un poema es como un caballo desbocado

galopa en mi corazón

y yo sin poder domarlo

Después de tu partida

Después de tu partida
la primavera no sonrió más
Después de tu partida
mis noches se agotaron
y las flores de mi jardín
experimentaron la marchitez
del otoño tardío
Después de tu partida
mi voz clara y sonora
se hundió en el silencio

Después de tu partida
tu lejanía le dio paso a la soledad
Después de tu partida
dejaste en mí la llama encendida
Las montañas y los bosques me preguntan:
¿tu amado dónde está?
Tu inmenso mar y vasto cielo

los llevo a cuestas sin poderlos disipar

Si algún día
corrieras a mi lado y te abandonaras
en un abrazo
hundiría mi tristeza
y por mi corazón en pedazos
las lágrimas no dejarían huella

Mientras te espero
esparzo a lo largo un camino de amor

Hermoso hombre, hombre de mi alma
amado tan dulce como la miel
El sentimiento que me dejaste
me arrolla con delicadeza

Con esto tengo suficiente
Recogeré una rosa rápidamente
y la pondré detrás de mi oreja
La pérdida siempre será una oportunidad
La juventud fluirá por siempre

Hoy siento nostalgia por ti

La gente que no entiende de sentimientos
no cree jamás en la nostalgia
Yo llevo escondido en mi corazón
el anhelo del amor
Esa pasión irracional
se delata en mis ojos
Hoy siento nostalgia por ti

No llegué a ponerle fin a mi obsesión
Una y otra vez
escribo y te evoco
hasta agotar las fuerzas de mi fatigado cuerpo
Sólo que este incandescente fuego
al igual que ayer se quema en silencio
Hoy siento nostalgia por ti

Mis mejillas ya son arroyos de primavera
que entonan una conmovedora melodía para los ruiseñores

Todas las criaturas volvieron en sí
pero no pude ver tu sombra
Hoy siento nostalgia por ti

Siempre pensé que regresarías al siguiente día
Entre la gente del pueblo, que tan bien conozco,
me gané el mote de La Perdida por el Amor
Transcurrieron dos temporadas de lluvias y dos nevadas

Todo eso ya es cosa del pasado
Hoy siento nostalgia por ti

Quizá el fervor
hará estallar mi corazón
por no saber cuándo tendré noticias de ti
Te pido que le pongas fin a mi espera
Hoy siento nostalgia por ti

作者简介：

吾衣古尔尼沙·肉孜沙依提，女，维吾尔族，1987年出生于新疆和田市。2009年新疆师范大学本科毕业。曾在和田地区广播电台、墨玉县政府、和田地区宣传部工作。2017年创办了“URS创作室”从事专业写作。2004年开始发表诗歌散文等作品，至今创作800多首（篇）诗歌散文和200多首有声作品。

汉文译者简介：

狄力木拉提•泰来提，维吾尔族，一级作家，诗人，文学翻译家，中国作家协会会员，新疆作家协会副主席，新疆文联《民族文汇》主编，新疆作协文学翻译家分会常务副主席兼秘书长。

汉文译西班牙文译者简介：

Mónica Alejandra Ching Hernández（陈雅轩），北京大学外国语学院西葡语系2020—2021年外国专家。

阿依努尔·毛吾力提

生日

每年的这个时刻，
我会有些快乐，有些感伤，有些不知所措。
随着岁月改变了我的模样，
随着秘密越来越少，随着真相越来越多
我却变得有些迟疑，有些困惑。
你说我冰雪聪明，
我便认真地点头，
不理会身后被自己抛下的那些傻。

人生还没有到总结的时候，
我只是停下来偶尔想想自己，想想你。
青春、记忆、爱和恨，终将远离，
你和我，也会相跟着离开这个世界。
那时，我愿意变成那些候鸟，
和你一起飞越整个宇宙。
来吧，我已经藏好悲伤，
如果夜太黑，我还可以点亮自己。

如果爱

因为你，我想拥抱生活的苦
用它来换取针尖上的那一点蜜
因为你，我放弃所有的矜持
成为自己唾弃的模样

七月的流火，燃尽了天边的最后一朵云彩
所有的挣扎在我们紧紧地拥抱中终结
我在黑夜里战栗
握不住手里最后一点期待

跋涉太久的人
终究忘了最初的方向
抵达的时候，格桑花摇曳
我再也忍不住忧伤

如果爱，请深爱
太阳就要升起
露珠会在瞬间陨落
像每次转身后挂在腮边的泪滴

母亲节

这个母亲节
我们依然缺席于彼此的生活
就像我们从不曾温柔地拥抱
我们总是争吵，总是怨恨
总是不能原谅彼此
而后不断后悔于自己的坚硬
多少年了
我辗转于别人的亲情与爱情中
总是企图找到什么
来填满我空空的怀抱
而你，也在一天天的等待中
渐渐老去

迟到的春天

五月了
巴里坤的草原还在沉睡
羊群在大地上艰难地寻找着绿色
牧羊人叹息着走过旷野
远处的山白了头发
冬天的风呼啸着不肯离去
孩子们用冻红的手搓着冻得更红的脸
我走在季节里，无处藏身

毡房顶上炊烟袅袅
那匹老马闭着眼畅饮松枝的清香
女人们忙碌的背影
不因这迟到的春华有丝毫的倦怠
阳光越过山、越过松林、越过山间的溪水
赶赴大地的约会
巴里坤湖面上
鱼敲打着冰，放声歌唱

挽歌

最初的怀念是真实的
在经过七天七夜的哭唱之后
流泪变成习惯
思念变成表演
哭唱挽歌的人成为诗人
出口成章
在哈萨克草原上
在悲痛欲绝的人群中
逝者的面孔
渐渐模糊

喀纳斯的清晨

一万个人
用一万种词汇，赞美你
而我是他们中
最微不足道的那一个
我卑微地行走在你的疆域
生怕惊醒你怀抱中的生灵
生怕他们，对我报以悲悯的微笑
仓促写就的诗篇
每一个字符都透露着，一种恓惶
小草的歌唱
在诗人的倾听中复活
土豆的微笑
在纯净的眼神里驻足
梅花鹿优雅的跳跃
定格在喀纳斯冬季的风景里
在清晨粉红色的云彩里
一缕曙光，慵懒地醒来

向日葵

远远地那片金色的向往
迎着湛蓝的天空，微笑
在吉木乃干燥的夏天
那些早熟的向日葵
每一片花瓣，都写满渴望
我想停下来
和它一起疯狂
风，却将我带到了远方

马

你是否见过马的舞蹈
风一样的速度
不知疲倦地旋转
披散的马鬃
如姑娘的长发迎空
在疆场
在草原
在阿布赉汗的传说中
每一部达斯坦
都离不开马的传奇
在那些鲜为人知的岁月里
马
先于图腾
植根于哈萨克人的记忆
于是
歌与马
载着哈萨克人
飞翔

牧歌

你的歌声
迎着六月的微风
越过湿润的草原
来到我的身旁
那时
阿肯们还在酣睡
秋草场的牧草还在自由生长
那时
婚礼还在酝酿中
姑娘的心还在不安的期待
而你的歌
伴随着毡房袅袅的炊烟
飞向遥远的天际

اينۇر ماۋلستبەك قىزىنىڭ ولەڭدەرى

تۋعان كۇن

ٴار جىلدىڭ وسى كۇنى
شاتتانىپ،
مۇڭعا باتىپ،
بەيمازا كۇن كەشەمىن.
اققان جىلدار وزگەرتىپ بولمىسىمدى،
كەمەيگەن قۇپيالىق،
كوبەيگەن شىندىقتارعا
ۇيلەسە الماي،
ەكى ويلى بوپ،
تاڭ قالىپ كۇن كەشەمىن.
سەن مەنى تىم وزگەشە زەرەك دەيسىڭ،
قۇپتايمىن باسىمدى يزەپ،
جاسىرىپ الدەنەنى،
ەلەمەي سونىڭ ٴوزىن جۇرگەنىمدى
ٴسىرا دا بىلمەس ەدىڭ.

تىرلىكتىڭ جەتپەسەك تە ەڭ سوڭعى بەكەتىنە،
كەنەت توقتاپ
ٴوزىم جايلى،
سەن جايلى ويلانامىن.
كوكتەم دە،
ەستەمە دە،
ماحاببات تا،
قالار تاعى رەنىشتەر،
بىرگە اتتانارمىز بۇل دۇنيەدەن، جانىم.
سول شاقتا مەن اينالىپ جىل قۇسىنا،
قۇلشىنامىن كەزۋگە كۇللى الەمدى سەنىمەنەن.
كەلشى عانا،
كوڭىلدىڭ مەن جاسىرىپ جاراقاتىن،
جانىمنىڭ جارىعىمەن قاراڭعىنى
الاستاپ تۇرعانىمدى سەزىنەر ەڭ.

سۇيسەم ەگەر

ٴوزىڭ ٴۇشىن بەتپە-بەت كەلىپ ٴومىر قيىندىقتارىنا،
تىكەنەكتىڭ ۇشىنداعى بالعا ونى الماستىرسام با ەكەن.
تەك سەن ٴۇشىن بويىمداعى بارلىق تارتىنشاقتىعىمدى،
اداستىرسام با،
الجاستىرسام با ەكەن؟!

شىلدە ايىنىڭ كەشكى شاپاعى
كوكجيەكتەگى سوڭعى ٴبىر شوكىم بۇلتتى
شۋاعىنا بولەگەن شاقتا،
بارلىق ارپالىس قاۋىشقان قۇشاعىمىزدا تۇنشىعادى.
قاراڭعى تۇندە قالتىراي بەرەمىن
سەزىنىپ بىردەن
الاقانىمنان سوڭعى ٴۇمىتتىڭ سۋسىعانىن.

ۇزاق ۋاقىت سەرۋەندەگەن پەندە،
ەڭ سوڭىندا ۇمىتادى العاشقى كەلگەن باعىتىن.

مەن كەلگەندە كەسسان گۇلى تەربەتىلىپ،
تەجەي الماي كەۋدەمدەگى قايعىنىڭ اعىسىن.

ەگەر سۇيسەڭ پەيىلىڭمەن ٴسۇي مەنى،
كۇن شىقسا ەگەر قازىر عانا شىعىستان،
قۇلاپ تىنار شىق بىتكەن.
ۇقساپ بەينە قايىرىلعاندا ارتىما،
كوز جاسىمداي سىرتقا توككەن،
ىشكە جۇتقان.

انالار مەرەكەسى

قاشاننان باستالعانى ەسىمدە جوق
كەزىكپەيتىن كۇنىمىزدىڭ،
جوقتىعىنا مويىن ۇسىنعامىز بىرىمىزگە ٴبىرىمىزدىڭ.
بەينە بۇرىننان ٴوزارا قۇشاقتاسپايتىنىمىز سىندى،
ۇنەمى سالعىلاساتىنىمىز،
رەنجىسەتىنىمىز،
كەشىرىسپەيتىنىمىز سىندى،
سوڭىنان وكىنەتىنىم بار تىم قاتە ەكەنىن ويلاپ
وسى قاتال قىلىعىمنىڭ.
مىنە، قانشا جىلدار ٴوتتى
وزگە بىرەۋدىڭ ماحابباتى مەن مەيىرىمىنە بولەنگەنىمە.
ۇنەمى الدەنەنى اڭساپ جۇرەمىن
جەتىپ كەلىپ،
اڭىراپ تۇرعان قۇشاعىمدى تولتىرسا ەكەن دەپ.
ال، سەن دە
كۇتە-كۇتە قارتايىپ باراسىڭ بىرسىندەپ.

كەشىككەن كوكتەم

مامىر كەلسە دە
باركول ساحاراسى شىرت ۇيقىدا جاتىر،
قويلار اناۋ جەر بەتىنەن جاسىلدىق ىزدەگەن،
مالشىلار مىناۋ كۇرسىنە ٴجۇرىپ دالانى كەزەدى،
اناۋ تاۋلار اق قالپاعىن كيىپ
الىستان عانا سالەمدەسەدى بىزبەنەن.
قىستىڭ ىزعارلى جەلى ىشقىنىپ ٴان سالادى،
دومبىققان قولدارىمەن تىپتەن قىزارعان بەتىن
ىسقىلاعان بالالار،
ماۋسىمنىڭ ىشىندە ٴجۇرمىن،
جاسىرىناتىن پاناسىن جوق ماعان ال.

كيىز ۇيلەردىڭ توبەسىنەن بۋداقتاعان ٴتۇتىن،
اناۋ كارى جىلقى كوزىن جۇمىپ
قاراعاي بۇتاقتارىنىڭ ٴيىسىن جۇتقان.

قاربالاس جۇرگەن ايەلدەر كەشىگىپ جەتكەن
كوكتەمنىڭ سەبەبىنەن شارشاماعان.
كۇن نۇرى تاۋلاردان
ورمانداردان،
بۇلاقتاردان،
اسىپ كەلىپ
قارا جەردىڭ سياپاتىنا اسعادى.
باركول كولىندەگى بالىقتار مۇزدى ٴتۇرتىپ،
بار داۋسىمەن ٴان سالادى.

جوقتاۋ

ەڭ العاشقى قايعىڭىز شىن بولاتىن،
جەتى تاۋلىق جوقتاۋدان كەيىن كوز جاسىڭ داعدىعا
اينالىپ،
ەسكە العانىڭ ويىن قويعانداي عانا بولادى.
جوقتاۋ ايتقان ادام اقىنعا اينالىپ،
تۇيدەك-تۇيدەگىمەن ٴسوز توگەدى
ٴبىراق ساحاراداعى ادامدار كوڭىلىنەن،
و دۇنيەلىك بولعان ادامنىڭ الپەتى
وشكىندەي بارىپ تەز سونەدى.

قاناس تاۋى

سان مىڭ ادام سان مىڭ ٴتۇرلى سوزبەن اسپەتتەر سەنى،
مەن سولاردىڭ اراسىنداعى ەلەۋسىز ٴبىرىمىن.
سەنىڭ توسىڭدە قىدىرايىن دەسەم جاسقانامىن،
شامىنا تيەم بە دەپ قۇشاعىڭداعى تىرلىكتىڭ ٴبىرىنىڭ.
الاڭدايمىن ولاردىڭ قاسىرەتپەن جىميعانى،
قولىما مەنىڭ اسىعىستاۋ قالام الدىرار دەپ.
ٴاربىر ٴارىپ مەندەگى مازاسىزدىقتى،
اشكەرە ايتىپ قاران قالدىرار دەپ.
جاس قۇراقتىڭ ٴانى اقىنىنىڭ تىڭداۋىنان قاناتتانىپ،
جاۋقازىندار جىميىپ،
اسىر سالعان تەڭبىل بۇعىنىڭ بەينەسى
مولدىرەگەن جاناردىڭ وتىندا تۇردى ۇيىپ.
قاناستىڭ قىسىنا جازىلعان سۇلۋلىقتىڭ جۇزىندە،
تاڭ سارىدە
قىزىل ٴتۇستى بۇلتتار اراسىنان،
ٴبىر جارىق ويانىپ كەلە جاتتى اقىرىن عانا ماڭايىنا
نۇر قۇيىپ.

كۇنباعىس

كوز ۇشىنداعى التىن اراي كوگىلدىر اسپانعا ۇمسىنىپ،
جەمەنەيدىڭ جاڭبىرسىز جازى مەيىرىمدى قانداي،
اناۋ ٴبىر ەرتە پىسقان كۇنباعىس گۇلدەرىنە،
ىلعيدا ٴبىر ۇمىتتەر جازىلعان،
مەنىڭ دە توقتاي قالىپ
ولارمەن بيلەگىم كەلدى،
ٴبىراق، جەل
مەنى الىسقا جەتەلەي جونەلدى.

جىلقى

قىزدىڭ ٴۇزىن شاشىنداي اناۋ جالى جەلكىلدەپ،
قۇيىندايىن قۇيعىتىپ،
اۋىزدىقپەن الىسىپ،
سەن جىلقىنىڭ كورىپ پە ەڭ بيلەگەنىن سەلكىلدەپ.
قان مايدانىنىڭ وتىندە،
كەڭ دالانىڭ توسىندە،
ابىلاي جايلى اڭىزدا،
ٴاربىر قيسا ـ داستاندا
جىلقى جايلى كوپ ايتقان.
ەل ەسىندە قالعان زاماندااردا
جىلقى
توتەمەن بۇرىن قازاق ساناسىنا سىڭگەن.
جىلقى مەن ٴان ساناتى،
جىلقى مەن ٴان قازاقتى قالىقتاتقان قاناتى.

شوپان ٴانى

سەنىڭ ٴانىڭ ماۋسىمىنىڭ ەركە سامالىن جەتەلەپ،
مىناۋ كورىكتى ساحارادان ٴوتىپ،
جانىما كەلىپ جەتكەن.
سول شاقتا اقىن بىتكەن ٴالى ۇيقىدا،
تاڭ الدىندا تەربەلەدى
گۇل-شوپتەر كۇزەۋلىكتىڭ تورىندە وسكەن.
سول شاقتا توي ٴىسى ٴالى اقىلداسۋ ۇستىندە بولاتىن،
اناۋ بويجەتكەنىنىڭ كوڭىلى الاڭعا تولعان
الدەنەنى اڭساپ الدان.
ال، سەنىڭ ٴانىڭ بۋداقتاعان تۇتىنىمەن بىرگە
الىسقا جول تارتقان
كۇتىپ تۇرعانداي اڭسارى الدان.

POEMAS DE AYNUR MAULET

Cumpleaños

Cada año en este momento,
me siento un tanto feliz, un poco sentimental
y algo confundida.
Conforme pasan los años,
mi forma de ser va cambiando.
Conforme los secretos van siendo menos,
las verdades van siendo más.
En cambio yo me he vuelto un tanto más insegura,
un poco más desorientada.
Dices que tengo la inteligencia clásica y pura,
de la nieve y el hielo,
entonces acataré con esmero,
e ignoraré las idioteces que he ido arrojando en el pasado.

La vida no ha llegado a su fin,
solo que de tanto en tanto me detengo a reflexionar
sobre mí, sobre ti
Juventud, recuerdos, amor, odios,

todo esto se desvanecerá.

También tú y yo dejaremos uno tras otros este mundo.

Cuando llegue ese momento, estoy dispuesta a convertirme

en un ave pasajera,

y volar junto contigo al espacio infinito.

Anda, acércate, ya me he encargado

de guardar la tristeza.

Y si la noche es muy oscura, puedo encender mi propia luz.

Si amas

Por ti, estoy dispuesta a tomar en mis brazos las penurias de la vida, a cambio de esa poca miel en la punta de la aguja
Por tì, me despojaré de todas mis inhibiciones
y me convertiré en alguien que yo misma menosprecie

Las llamas de julio calcinaron la última nube en el cielo hasta consumirla
Todas las batallas que se ciñeron en nuestro abrazo llegaron a su fin
Tiemblo en medio de la noche
sin poder sostener en mis manos
la última esperanza que nos queda
Los que han hecho travesías
por mucho tiempo
olvidan después de todo hacia dónde iban.
Cuando arriban, todas las flores se regocijan,
pero yo no puedo seguir conteniendo la tristeza

Si amas, te pido que lo hagas con intensidad

El sol está a punto de salir

Gotas de rocío caerán del cielo en ese instante

Igual que las lágrimas penden de mis mejillas

cada vez que doy la media vuelta

Día de la Madre

Este Día de la Madre
aún estamos ausentes en nuestras vidas
como ese abrazo que nunca nos dimos.
Las discusiones constantes,
el rencor acumulado.
Parecería que desde entonces
nunca pudimos perdonarnos.
Aun así, no cesamos de arrepentirnos
por nuestra obcecada dureza.
Cuántos años han pasado
desde que el amor y el sentimiento
se han sucedido de mano en mano.
Siempre en el intento por encontrar algo
que llene el vacío de mi abrazo
mientras que tú, en la espera diaria,
envejeces poco a poco.

Primavera tardía

En mayo
las estepas de Balikun aún permanecen sumergidas en un profundo sueño.
Las manadas de borregos con trabajo encuentran verdor sobre la tierra.
Los pastores caminan por la extensa llanura suspirando.
En la lejanía, las montañas encanecen
El ulular del viento invernal no se atreve a partir.
Con las manos enrojecidas por el frío
los niños se frotan aún más sus congelados rostros.
Camino por esta temporada invernal
sin encontrar un lugar en donde resguardarme.

Las volutas de humo del fogón en el techo de la yurta.
Ese viejo caballo que bebe de la fragancia de la rama de pino con los ojos cerrados hasta saciarse.
No es por causa de la primavera tardía
que las figuras de las mujeres de espaldas muestran una especie

de languidez.

El resplandor del sol atraviesa por la montaña, por el bosque de pinos, por el riachuelo en la montaña,

hasta alcanzar su cita con la pradera.

Sobre la superficie del lago Balikun

los peces golpetean el lago

entonando una canción.

Elegía

Los primeros recuerdos son los más auténticos
Tras haber llorado durante siete días
y siete noches
las lágrimas se tornan costumbre
y la nostalgia, actuación
Aquellos que lloran elegías se vuelven
poetas
y la salida, una regla
En la estepa kazaja
entre la multitud acongojada
el rostro de los muertos se va desvaneciendo
poco a poco

Amanecer en Kanas

Un número infinito de personas
usan un número infinito de palabras
para elogiar la belleza
Y yo, que soy una más
la más insignificante entre todas ellas
paseo con toda humildad por tus dominios
por miedo a despertar abruptamente
a las criaturas que arropas
Por miedo a que ellas me respondan
con una sonrisa compasiva
Los versos se escriben apresurados
revelando una especie de ansiedad
en cada palabra
El canto de la hierba renace
ante la poeta que se inclina
para escucharlo
La sonrisa de los granos en la tierra
permanece un momento

ante la pureza en la expresión de la mirada
Los ciervos saltan con elegancia, y se detienen
como una imagen fija ante el paisaje invernal
    de Kanas
Las arreboladas nubes de la mañana
se despiertan perezosas
ante los primeros rayos del alba

Girasol

Este pequeño anhelo dorado en la distancia
sale al encuentro del cielo azul, sonríe
en el seco verano de Jimunai
Esos girasoles prematuros
llevan colmadas las ansias
en cada uno de sus pétalos
Quisiera detenerme
y entrar en frenesí junto con ellos
aunque, el viento, me lleve muy lejos

Caballo

¿Has visto a los caballos
bailar a la misma velocidad que el viento
entre vueltas y tumbos sin fatigarse?
Su dispersa crin como la larga cabellera
  de las muchachas
sale al encuentro de la inmensidad
en los campos de batalla,
en la llanura.
Según cuenta la leyenda de AblaiKhan
entre todos los romances dastan
no hay uno que se aleje del mito del caballo
Desde los primeros años
en que el hombre tiene consciencia
primero el caballo
luego el tótem
raíz de la memoria de los kazajos
Así
canto y caballo
llevan volando a los kazajos

Pastorela

Tu canto
sale al encuentro
de la briza de julio
Llega hasta mí
atravesando los húmedos pastizales
En ese momento
los trovadores duermen un sueño profundo
La hierba en las llanuras otoñales aún crece libremente
En ese momento
las nupcias aún se encuentran en estado de gestación
y el corazón de la joven espera inquieto
Mientras que tu canto
vuela hacia el horizonte
siguiendo las volutas de humo
del fogón de las yurtas

作者简介：

阿依努尔·毛吾力提，女，哈萨克族，民俗学硕士，中国作家协会会员。散文《阿帕》获第六届冰心散文奖。出版诗集《阿丽玛的草原》，诗译集《唐加勒克诗歌集》。获首届“阿克塞”哈萨克族文学奖翻译奖。作品散见于《诗刊》《十月》《民族文学》《绿风》等文学期刊。

汉文译哈萨克文译者简介：

马达提别克·巴拉别克，哈萨克族，1976 年出生于新疆塔城地区裕民县。从 2005 年开始发表诗歌、评论、翻译作品 200 余篇首。出版诗歌集《盘羊的声音》。2015 年获得《民族文学》年度奖。

汉文译西班牙文译者简介：

Mónica Alejandra Ching Hernández（陈雅轩），北京大学外国语学院西葡语系 2020—2021 年外国专家。

全春梅

新娘

微微低下头

似乎是怕碰上屋檐

轻轻跷起鞋尖

似乎是怕踩了门槛

袅袅红裙

似乎是霞光鲜艳

翡翠小袄

似乎是春意盎然

翌日早饭是个考验

咳，管它是稀还是干[①]

蛮坏的希望

① 婚后第二天，惯例上由新娘做早饭。人们凭着饭的稀或干，评论新娘的手艺、人品或预卜将来。这是朝鲜族古老的婚俗之一。

幸福的笑颜

羞涩的两个颊
流露着爱的甘甜

（韩东吾　译）

茶道

呼唤着
潜藏在心中的自我

平静的湖面上
天色已安然熟睡
将与我浑然一体时
尘世中的我已悄然离去

在停滞的水中
爱如生命般呼吸
无一夙愿的空杯里
袅袅升起心灵之香气

（全春梅　译）

父亲的山

那个地方永远存在
绿色的生命

生存的艰难
凛冽的寒风
岩石依然孕育了我的生命开始的魂魄
岁月悠悠
又抓又咬也无法改变沉默
那这是
哺育新芽的宽宏宇宙
沿着漫长的棱线
登上时间的顶点
萌芽的艰辛和结果的喜悦
应付自如的智慧海洋

冬季来临
鸟儿飞走留下的空巢里
仅剩下

悲伤的思念

普天下

唯一存在绿色生命的地方

是我心中

梦寐萦怀的故乡

（陈雪鸿　译）

树

思索的空间
逐渐拓宽
换来沉默的自由

晴朗的阳光下吹起口哨
银鳞般的微笑
在天边消失

从不相互争先
总是一起长出绿叶
始终如一

时而
会有膨胀的冲动
心中也会有解不开的疙瘩
某个末梢神经也会出现蛀虫
产生丑陋的犯罪意识

却动摇不了不变的信条
生命的语言催生新芽
若是根扎的越深
绿叶就会越发茂密

（陈雪鸿　译）

农民工

微微弯曲的背脊
扛着一卷行李
把思念和孤寂
紧紧缠绕在蜗牛壳里

总是背负
岁月的漩涡
朝着幸福的终点站
排在长长队列末端
忍耐没有签约的时间
用无欲的馒头
感受无忧的天下
原野上新翻耕的泥土气息
在都市新的族谱里
依旧记载朴素的泥土传说
有播种就会有收获

（朱霞　译）

秋天

草叶在冷风中
吹着草笛转身躺下
昆虫们准备别离
再次久久长鸣

潮水般涌来的眷恋
像霞光在山脚绽放
奔向悬崖的季节
成熟的宿愿辉煌灿烂

以成熟的名义走进的时间
不是结满果实的寻常瞬间
而是达观的虚怀
可以把一切奉献

在一无所有的山野
回荡沉默之歌

树木在退去本色的忍耐里

散发出美如天色的幽香

（朱霞　译）

归乡

宛如
思念的积蓄喷薄
时间和空间
缠绕的北京站

大大小小的包袱里
孤独与悲伤
和打转儿的日常
满满的像在示众

难得准许的
一张空闲握在手中
乘上“春节号”列车的小确幸

冬天的那头
故乡母亲的呼唤声
早已化作春潮在心头涌动

（姜艳红　译）

中秋节

奶奶的等待
已长出茂叶繁枝
片片空心叶
都回荡着心的呼唤
…………

还无法抵达
那遥不可及的地方
剪下不舍和眷恋
搅拌泪水
然后
用奶奶留下的
爱心锅
精巧地煎成洁白的饼[①]
寄往

① 中秋节时，朝鲜族有用糯米粉煎成小煎饼进行祭祀的习俗。

奶奶所在的

那思念的虚空

（姜艳红　译）

전춘매의 시

새색시

살풋이 숙인 아미
처마가 낮을세라

사뿐히 쳐든 코신
문턱을 밟을세라

빠알간 치마폭 넓어
노을빛 타오르고
초록빛 저고리에
래일이 싱싱하다

시집살이 가늠하는
이튿날의 쌀밥이야
되든 무르든

희망은 부풀어
눈웃음 하얗고
수줍은 두 볼에
발그름히 사랑이 어리였다

다 도

진실된 나를
조용히 부른다

바람 한점 없는 호수 우에
하늘빛은 겸허히 잠 들고
하나로 되는 사이
일상의 나는 사라진다

머문 듯 부은 물에
사랑이 생명처럼 숨을 쉬면
소망이 없을 만큼 빈 차잔에
마침내 피여오르는 마음의 향

아버지의 산

언제나 그 곳에
늘 푸르른 생명의 빛갈이다

생존의 무게로
모진 바람도 잠재우던
내 삶이 시작된 혼 깊은 바위
오랜 세월
할퀴고 뜯기워도
침묵으로 싹 틔우던
인내의 우주였다
길게 뻗어간 릉선을 따라
시간의 절정에서 서서
움트는 저항과 열매 맺는 순응을
거짓없이 보여주는 지혜의 바다

이제 겨울이 되여
새들이 떠난 텅 빈 둥지에
설음처럼 그리움이

하야니 내리겠지만
하늘가 외딴 그 곳의
늘 푸르는 생명의 빛갈은
내가 잠 들고픈
마음의 고향이다

나 무

사색의 공간을
조금씩 넓혀가는
침묵의 자유이다

밝은 해살 아래 휘파람 불면
하늘가에 부서지는
은비늘 미소

서로 다투는 법이 없이
늘 처음과 같이
더불어 피는 잎새

때로는
팽창되는 욕망으로
마음에 옹이 박히기도 하고
생각으로 범한 죄악에
어느 말초신경이 벌레 먹기도 하지만

언제나 드팀없는 신조가 있어
새 순으로 돋아나는 생명의 언어
뿌리가 깊을수록
잎이 무성한
영원의 시

농민공

휘여진 잔등에
이불짐 하나 달랑 지고
그리움도 외로움도
꽁꽁 감아넣은
달팽이집

세월의 거친 소용돌이
언제나 등에 짊어지고
행복이란 종착역을 향해
끝없이 늘어선 대렬의 맨끝에서
기약 없는 시간들을 인내하며
체념의 찐빵으로
시름없는 천하를 느끼는
벌판의 갓 갈아놓은 흙내음
도시의 새 족보에
변함없이 적어가는
소박한 흙의 전설
뿌린만큼 거두리다

가 을

풀잎은 시려오는 바람에
피리를 불며 돌아눕고
벌레는 리별을 준비하며
다시 한번 긴 울음을 운다

밀려오는 아쉬움이
산자락에 노을처럼 피여오르면
절벽으로 치닫는 계절에
소망이 무르익어 눈부시다

성숙의 이름으로 다가오는 시간은
영글어간 일상의 매 순간이 아니라
이제 모든 것을 내여줄 수 있는
달관의 텅 빈 마음이다

가진 것 없이 펼쳐질 저 산과 들판에
침묵의 노래가 맴돌아 퍼질 때
원색으로 돋아나는 무상의 인내 속에
완덕의 향기가 하늘빛으로 가득하리

귀 향

마침내
터지는 그리움의 보물
시간과 공간이
뒤엉킨 북경역이다

크고 작은 보따리에
외로움과 서러움과
맴돌았던 일상이
자랑처럼 가득하다

어쩌다 허락된
여유 한장 손에 쥐고
음력설이란 렬차에 오르는 작은 행복

겨울 저쪽에서 벌써
고향집 어머니의 부름소리가
봄기운처럼 마음에 밀려온다

추 석

할머니의 기다림이
무성히도 자랐구나
속 빈 풀잎마다에
부름소리 맴돌고
…

아직은 갈 수 없는
머나먼 그 곳
나는 미련 없이 잘라내여
나의 눈물에 반죽한다
그리고
할머니가 남겨주신
사랑의 남비에
하야니 정히 구워서
할머니 계신
그리움의 허공에
부쳐보낸다

POEMAS DE QUAN CHUNMEI

Novia

Apenas y baja la cabeza,

apunto de pegarse con el alero del tejado.

Ligeramente levanta la punta del zapato,

apunto de pisar el umbral de la puerta.

Su vestido rojo ondulante,

apenas como el primer destello del alba.

Su abrigo acolchado de jade,

como una primavera incesante.

El desayuno de la mañana siguiente será una prueba…

Qué más da si es seco o aguado.[①]

---

① Tradicionalmente, al día siguiente de la boda es la novia quien se encarga de la preparación del desayuno. La gente comenta sobre sus habilidades en la cocina, así como su virtuosismo, e incluso se puede hablar de su futuro según el grado de humedad del arroz. Es una de las costumbres del matrimonio de la etnia coreana.

Malsana esperanza

enmarcada con una sonrisa de felicidad.

Y en sus tímidas mejillas,

se revela la dulzura del amor.

La ceremonia del té

Llamo

a la que llevo oculta en mi corazón,

El cielo concilia el sueño sobre el lago en calma.

Para cuando quieras estar del todo conmigo,

ya me habré ido en silencio de este mundo.

En el agua estática

el amor es el soplo de vida;

fragancia humeante del alma que emerge de una taza vacía,

sin el menor indicio de cualquier deseo anhelado.

La montaña del padre

Aquel lugar siempre estará,

vida verde.

A pesar de la dificultad de su existencia,

de los vientos helados,

sus piedras han engendrado el principio

de la vida de mi espíritu,

por todo este tiempo,

arañando y mordiendo sin poder cambiar el silencio.

Es el magnánimo universo que nutre los nuevos brotes

a lo largo de su prolongada cresta

y asciende a la cúspide del tiempo.

Dificultad para dar brotes y el gozo de dar frutos,

lidiando viento en popa con un mar de sabiduría.

El invierno llega,

las aves emprenden su vuelo dejando atrás sus nidos vacíos,

tan solo queda un velo de nostalgia.

Y debajo del cielo,

el único lugar verde que persiste,

es mi corazón,

el pueblo natal que siempre aparece en mis sueños.

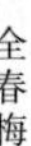

Árbol

Espacio para el pensamiento
que se ensancha
a cambio de la libertad en silencio.

Silbando bajo la luz clara del sol,
refleja el destello de una sonrisa plateada
que se desvanece al borde del cielo.

Nunca compite por ser el primero,
sólo se limita con firmeza
a que crezcan de él hojas verdes.

De tiempo en tiempo
habrá un impulso para expandirse
y en su corazón también habrá nudos imposibles de desatar,
gusanos que aparecen en alguna terminal nerviosa
que revelan una vomitiva sensación criminal.

A pesar de todo,

no puede mover un ápice su credo inmutable;

el lenguaje de la vida apresura a los nuevos brotes.

Y mientras más profundas sean sus raíces,

sus hojas verdes serán más frondosas.

Trabajadores migrantes

Sobre su espalda encorvada
carga un equipaje enrollado,
lleva bien amarradas sobre esa concha de caracol
su soledad y nostalgia.

Siempre carga
un remolino de años
con dirección a la terminal de la felicidad,
se forma en una larga fila,
aguanta el tiempo sin ser empleado,
come un bollo sin deseo,
experimenta un mundo sin cuidados.

El aroma que destila la tierra recién arada
en la nueva genealogía de la metrópolis
sigue allanando aquel simple dicho sobre la tierra:
habrá cosecha si siembras.

Otoño

La hierba en el gélido viento
hace silbar la flauta y gira boca abajo;
los insectos preparan su partida,
una vez más con su prolongado zumbido.

Llega la marea de la añoranza,
como los rayos del alba florece al pie de la montaña,
galopa hacia la nueva estación del acantilado,
anhelo maduro en resplandor.

El tiempo que se acerca en nombre de la madurez
no es un instante convencional que se llena de frutos,
sino un vacío generoso que se puede entregar a todo.

En la vacuidad de la montaña,
resuena el canto del silencio,
y de los árboles en su aguante decolorado,
emerge una fragancia tan bella como el cielo.

Volver a la tierra natal

Al igual que

brotan un cúmulo de recuerdos,

tiempo y espacio

convergen en la estación de trenes de Beijing.

Morrales grandes y pequeños

soledad, tristeza,

las nimiedades del día a día

se exponen ante las multitudes.

Por fortuna,

llevo en mis manos ese boleto tan difícil de obtener

para tomar el tren con rumbo al Festival de la Primavera.

El otro lado del invierno,

y el llamado de la madre que viene del pueblo

desde hace tiempo que palpitan en el corazón como una oleada primaveral.

Festival de Medio Otoño

La espera de la abuela
ha hecho crecer un exuberante follaje;
la oquedad de las hojas
reverbera la llamada del corazón.

Aún no puedo llegar
a aquel lugar fuera de mi alcance.
Corto un pedazo de añoranza,
lo mezclo con lágrimas.
Y después,
en el sartén de amor
que ha dejado la abuela,
frío con delicadeza una tortilla blanca,
que envío
al vacío de la nostalgia
donde se encuentra la abuela.

Nota: Durante el Festival de Medio Otoño, la etnia coreana tiene la costumbre de hacer tortillas fritas con harina de arroz glutinoso y ponerlas como ofrenda.

作者简介：

全春梅，女，朝鲜族，1970年4月生于吉林省龙井市，中央民族大学文学博士，现为民族出版社朝鲜文编辑室编审。出版有《有感人生》《城外亦城》等诗集。获《延边日报》《松花江》《道拉吉》《延边文学》《民族文学》的文学奖、翻译奖。

汉译者简介：

韩东吾，朝鲜族，1941年生，吉林省和龙市和龙镇人。1967年7月毕业于中央民族大学汉语言文学系。曾任延边大学汉语系翻译教研室主任，硕士研究生导师，教授，现已退休。吉林省民间文艺研究会会员，延边翻译家协会副会长，延边应用语言学会会员。主要从事汉朝语言文化的对比与翻译，研究翻译理论，主要论著有《朝汉诗词翻译技巧》《朝汉翻译与技巧》《中韩口译艺术》等。

陈雪鸿，汉族，1949年11月出生于上海，1969年3月下乡到延边，毕业于延边大学，译审，中国作家协会会员。从事文学艺术作品朝（韩）译汉工作四十余年。译著有《白帆》《当代朝鲜族短篇小说选》《金达莱之歌》《小花送给心上人》等长、中、短篇小说集，诗集，达五十余本，在全国各地各级文学艺术报章杂志上发表译文近四千万字，十余次获中国作协文学翻译奖和中国戏协剧本翻译奖等国家、省、州级各类奖项。

朱霞，女，朝鲜族，1954年生，吉林延边人，延边大学教授。中国作家协会会员，延边作家协会会员。主要译著有诗集《中国朝鲜族名诗》《春雨一袋子》《静夜，思乡情》《绝顶》《金永郎诗集》《眷恋》，儿童诗集《春雨橡皮》，作品集《你要对得起受过的苦》《中国朝鲜族文学作品精粹》《诗探索（作品卷)》《中国朝鲜族优秀文学作品选》等。荣获第十二届全国少数民族文学创作“骏马奖”翻译成就奖等，获多个国家、省、州级各类奖项。

姜艳红，女，朝鲜族，1981年生，吉林延边人，硕士研究生学历，现就职于延边作家协会。翻译作品有韩国“小海绵科学童话”丛书(4册)、中篇小说《脱俗》、短篇小说《蜗牛啊，蜗牛，你要去哪里?》、诗歌《归乡(外2首)》《凌晨两点四十五分》《父亲孑然的身影》《口罩与日常》、散文《摇摆的美学》《坚持与放弃》《缝纫》等。

汉文译西班牙文译者简介：

梦多(Pablo E. Mendoza Ruiz)，1983年出生于墨西哥城。2006年，墨西哥国立自治大学电影艺术学院本科毕业。2006年，墨西哥国立自治大学的国家外语、语言学和翻译学院汉语专业毕业。2007年，考入北京电影学院导演系硕士研究生。目前在墨西哥国立自治大学驻华代表处“墨西哥研究中心”工作以及当北京外国语大学西葡语学院外教老师。

鲁娟

拉布俄卓[1]及女人群画像

① 拉布俄卓为西昌的彝语地名。

拉布俄卓

太阳垂爱之地。
流淌金色的光线、金色的语言
和从十六个方向赶来宠她的金色人群
每天如大海般汹涌
母语鼎沸，人头攒动
金色波浪一阵高过一阵
金黄的节奏不知停歇
邛海和泸山光影交错
直到，傍晚的天空下站出我的母亲
你的母亲
——
那片土地太多隐忍女人中的一个！
因为她们，金色的浮躁得以消解
拉布俄卓的一天完美落幕。

祖母

“如果没有见过你祖父奔跑，
像匹马狂野，
像只羚羊敏捷，
像头豹子从容，
我怎会走进那个漫天星光的夜晚。”
祖母说，
“如果没有走进那个星光之夜，
我又怎么证明自己活着并美丽过。”

礼物

傍晚时分

祖母坐了下来

老态龙钟的脸转向我

“谁也不能替你在这条路上，

必须自己去走”

“每一寸光阴正等着你爱

而你总落在后面或跑得太快”

“你在哪里，哪里就是中心

不必苦于外求”

叙述缓慢

词语复活

什物锃亮

从她的手中慢慢理出

“给你，

这些历经痛苦和艰辛浮出来的，

是黄连是苦楝是甘露是蜜汁，

是由黑暗转向光亮的全部！”

素描一

金黄的光线中走动着吐露金黄母语的女子
她们被阳光喂养，
体内藏有金黄的老虎
总是因为热烈、狂野，不容分说
在人群中被一眼认出。

素描二

她有一种无可比拟的美，
却不自知

足够的光，
足够的时间，
足够的世事和人，
之后才会那么美。

甚至一秒钟也不能少！
作为女儿
或者妻子
或者母亲
多亏她从没失去耐心，
辗转走过所有的细节

素描三

清晨，她是金色
金色的头发，金色的肌肤
金色的手指穿梭于金色的尘埃

正午，她是绿色
绿色的脚踝，绿色的呼吸
行走草木间发出绿色的声响

夜晚，她是更多的
群山和星辰同时环绕
她常常一半深蓝，一半银白

素描四

沿灌木丛旁的小径，通向秋天深处
那些闪闪发光却又熟视无睹的腹地

多亏那个小女孩，踢着石子哼着歌
带领我们上路

她有海藻的长发，星星的眼睛
步伐坚定，不曾犹豫

不像那些迂回辗转依然纠结的路
或者苦苦无望后才抛却的路

她有她的步子，
松鼠有松鼠的自在，流水有流水的方向

一开始就从未怀疑过，不像我
经历这么多才丢掉模仿的虚荣的自己。

素描五

空气中飘浮着浓烈的不可言传的甘甜
三分之一，由她们构成
——
野樱桃，野刺梨，蒲公英
阳光转动她们的脸她们的身子
发出窸窸窣窣的声响
剩下三分之二
分别属于我和一个素不相识的女人
她牵着她的女儿，我牵着我的女儿
在一条小径上偶遇，心照不宣地微笑。

自画像

嘿，你好！
我是五月清晨无名的蓝色小花，
我是二月夜晚奇异的果实。

我是金沙江边炙热的石块，
我是钢筋水泥间冰冷的铁。

我是山冈自由野性的风，
我是界限分明的围栏。

我是惊世骇俗的独立，
我是千年如一日的牺牲。

我是快马加鞭的急迫，
我是流水绵长的缓慢。

我是土地的歌者，
我是大海的水手。

我是男人中的女人，

女人中的男人。

我是完美无瑕的理想，

我是漏洞百出的生活。

我是所有矛盾的综合体，

我是所有综合中的矛盾。

我是瓦岗所地独一无二的发音，

我是各种语言混杂的融合。

我是语法的亲戚，

我是文字的女儿。

三十多年来，我苦苦痴迷

只因除此以外，我别无他长。

鲁娟

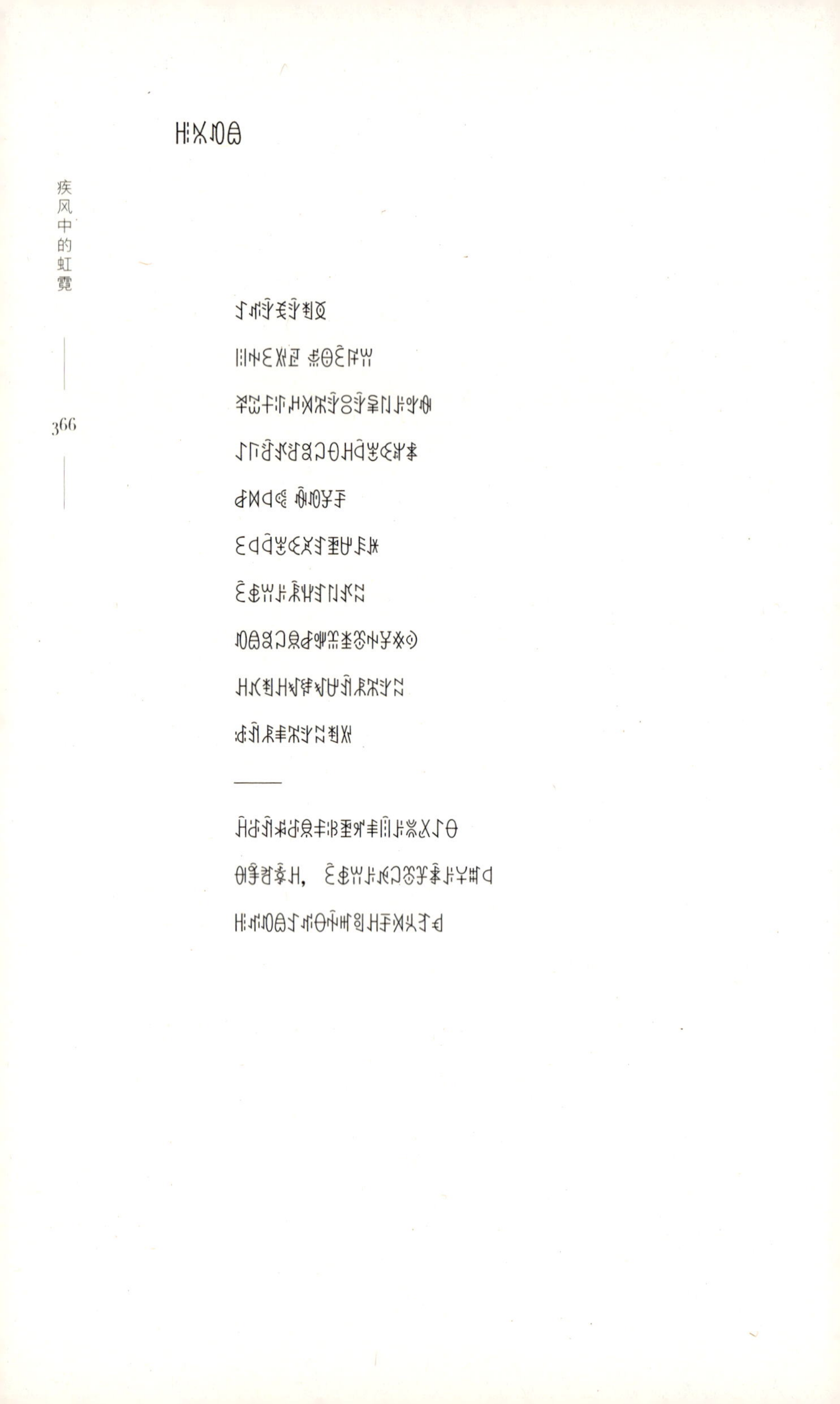

[illegible]

[illegible]

[illegible]

[illegible]

[illegible]

[illegible]

[illegible]

[illegible]

[illegible]

[illegible]

[illegible]

[illegible]

[illegible]

[illegible]

[illegible]

[illegible]

[illegible]

[illegible]

[illegible]

[illegible]

[illegible]

[illegible]

[illegible]

[illegible]

[illegible]

[illegible]

[illegible]

"[illegible]"

"[illegible]"

"[illegible]"

"[illegible]"

"[illegible]"

"[illegible]"

[illegible]

[illegible]

[illegible]

[illegible]

"[illegible]"

[illegible]

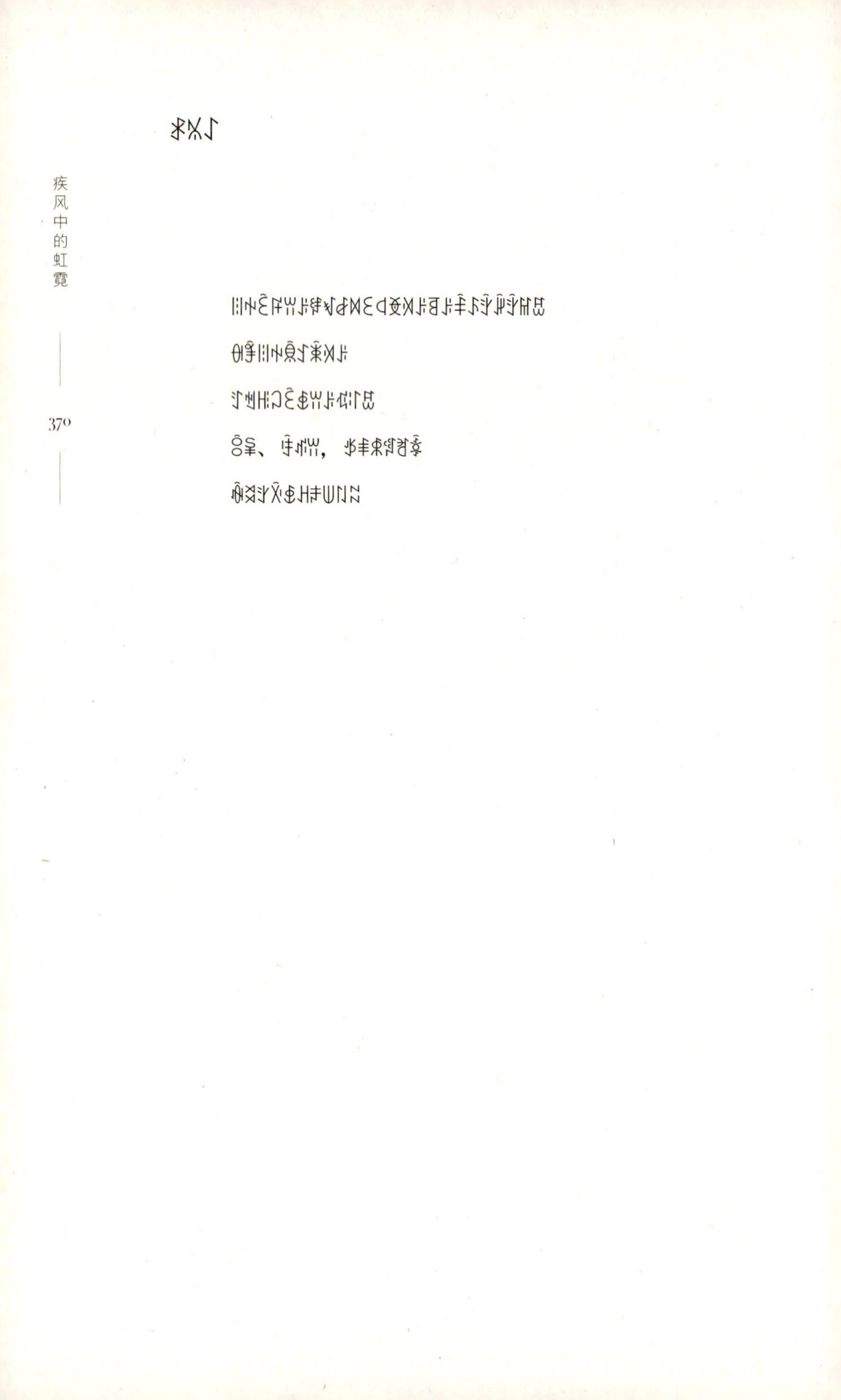

[illegible]

[illegible]

[illegible]

[illegible]

[illegible]

[illegible]

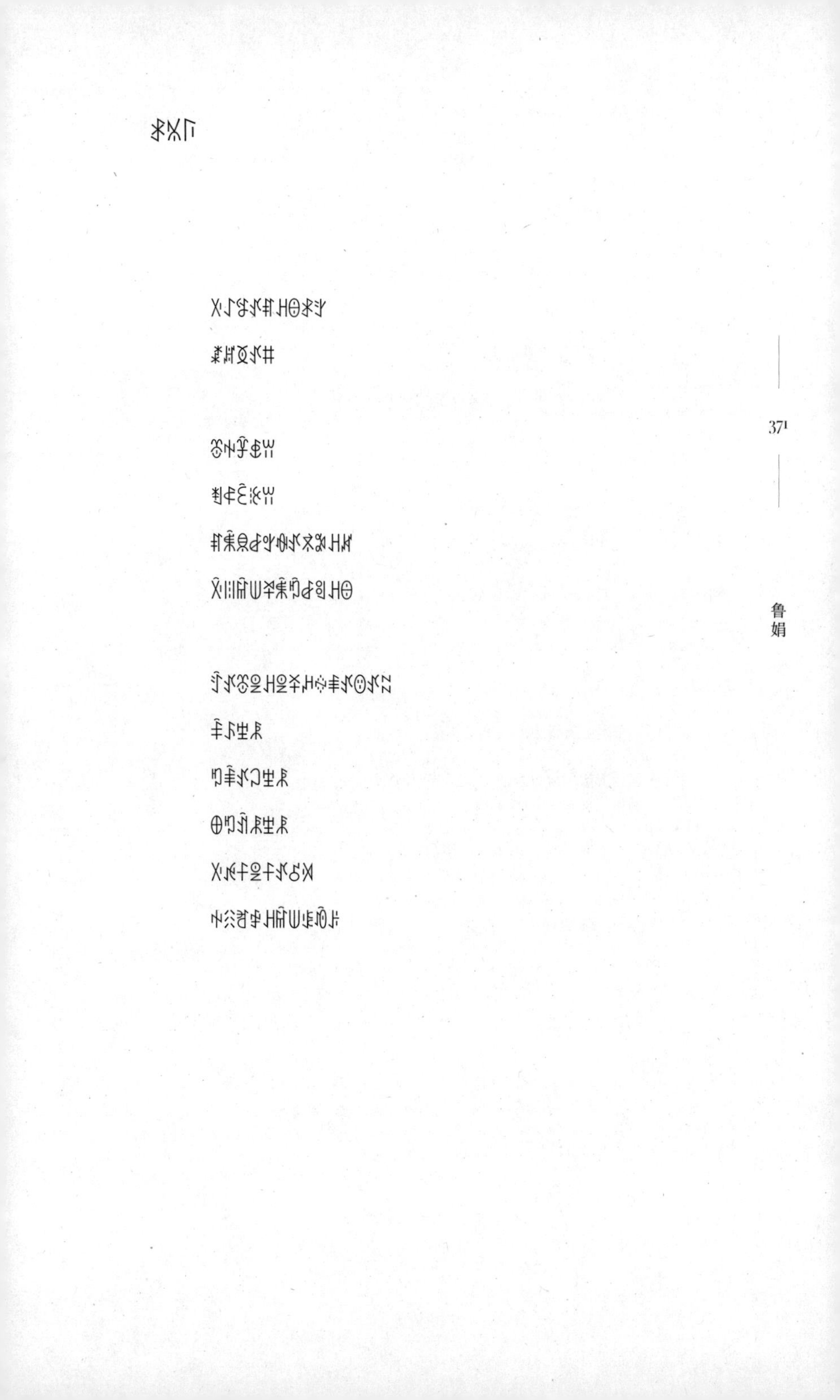

[illegible]

[illegible]
[illegible]
[illegible]

[illegible]
[illegible]
[illegible]

[illegible]
[illegible]
[illegible]

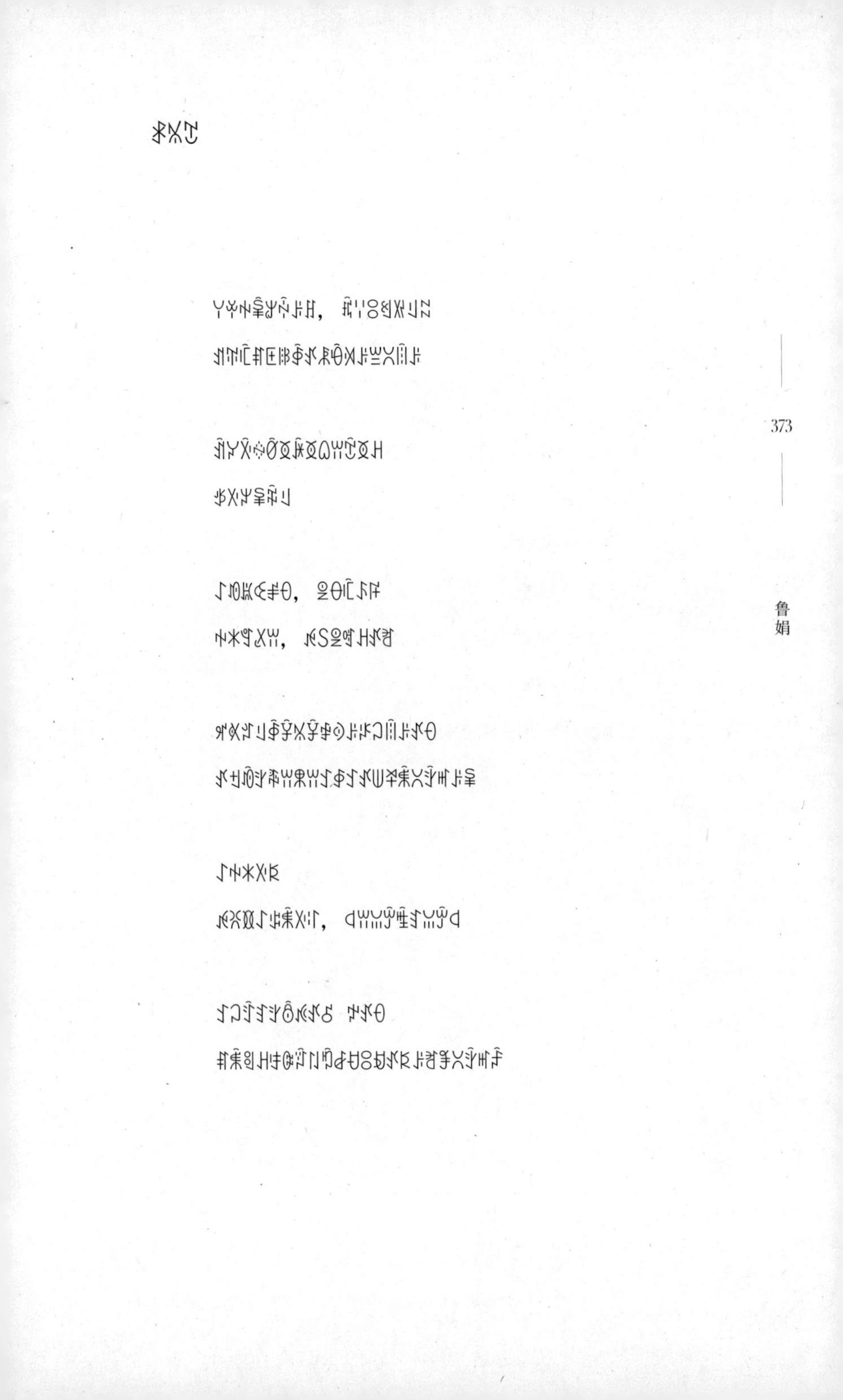

[illegible]

[illegible]
[illegible]

[illegible]
[illegible]

[illegible]
[illegible]

[illegible]
[illegible]

[illegible]
[illegible]

[illegible]
[illegible]

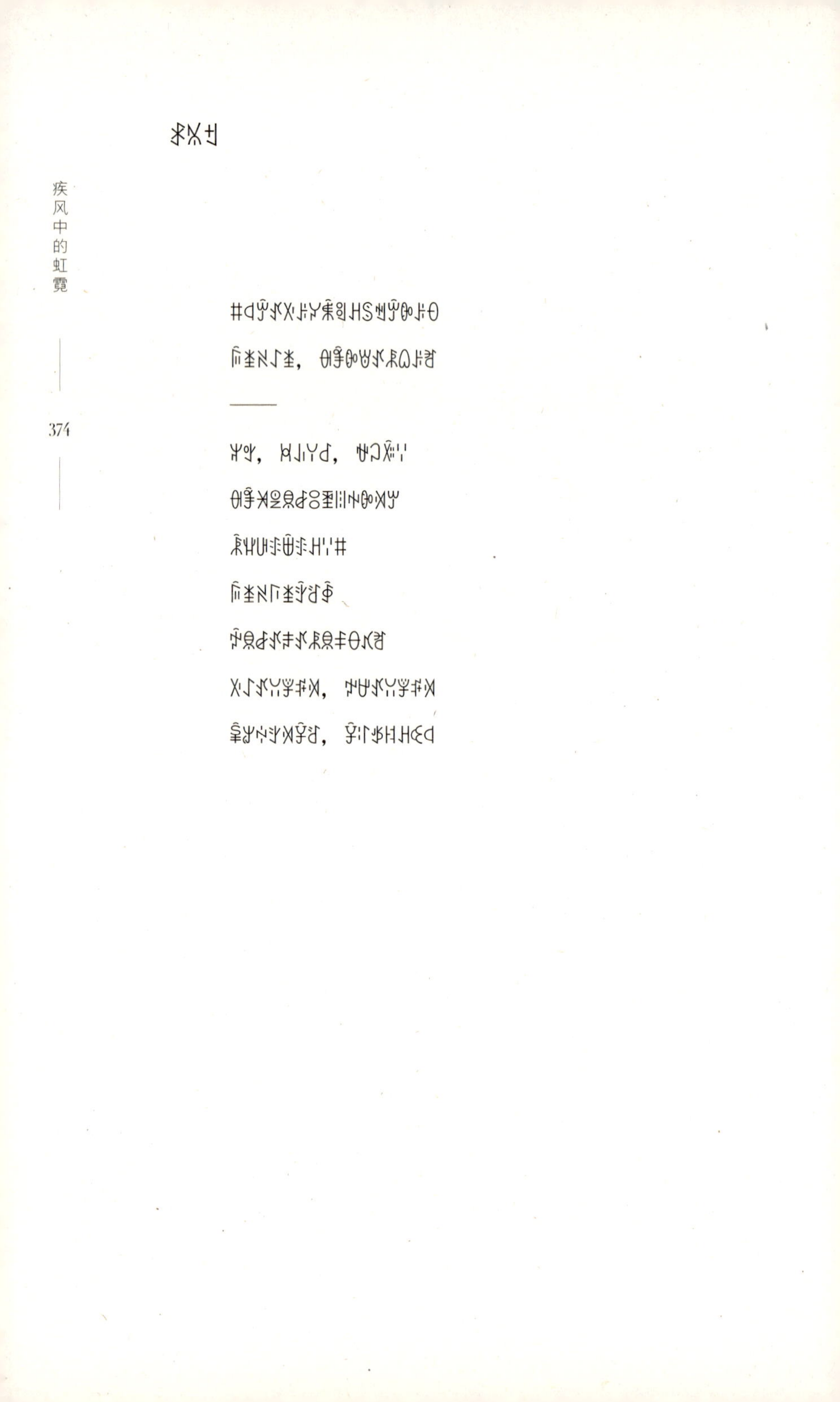

[illegible]

[illegible]
[illegible]

[illegible]
[illegible]
[illegible]
[illegible]
[illegible]
[illegible]
[illegible]

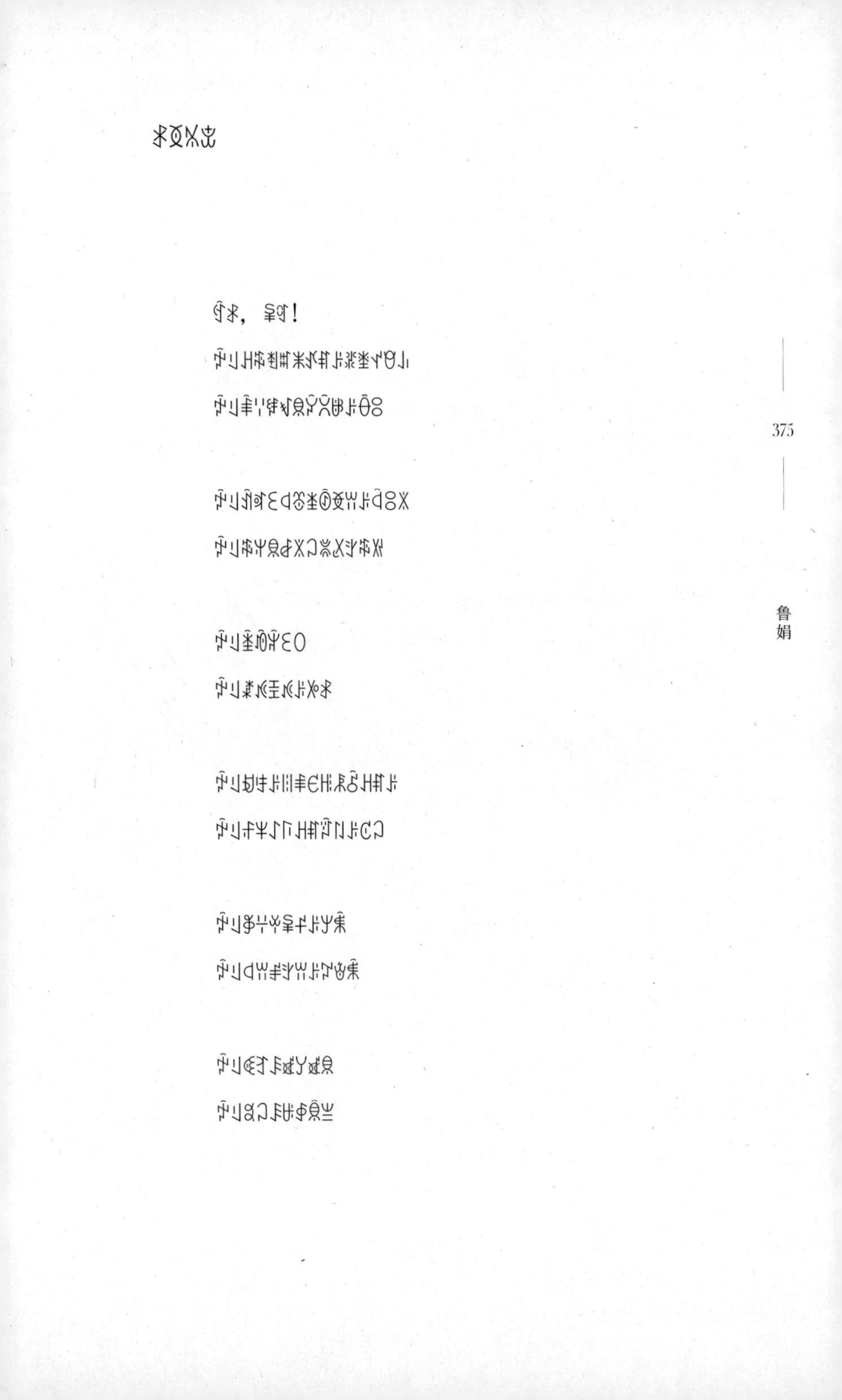

POEMAS DE LU JUAN

LABU' EZHUO[1] Y EL RETRATO DE LAS MUJERES

① Tierra natal del idioma yi en Xichang.

Labu'ezhuo

Lugar amado por el sol
Luz dorada que corre, lengua dorada
junto con la multitud proveniente de las dieciséis direcciones
para mimarla
todos los días como el mar embravecido,
lenguajes maternos en ebullición, cabezas apiñonadas
una más alta que la otra entre las olas de oro,
el ritmo dorado no sabe detenerse
luces y sombras de la montaña Lu y los lagos Qiong se entrecruzan
hasta que debajo del ocaso se encuentra parada mi madre,
tu madre.

¡Una entre tantas mujeres tolerantes de aquella tierra!
Por ellas, se disuelve la vehemencia
cerrándose el telón de un hermoso día en Labu'ezhuo.

Abuela

"Si no hubiera visto a tu abuelo galopar
como un caballo salvaje
como un lince ágil
como un leopardo expectante
cómo hubiera podido entrar a esa noche estrellada",

La abuela dice,
"Si no hubiera entrado a esa noche estrellada,
de qué manera estaría viva y tan hermosa".

Regalo

En el ocaso

la abuela se sienta a mi lado

aquel rostro arrugado se vuelve hacia mí,

"Nadie puede remplazarte en este camino,

debes caminar por ti misma".

"Cada pulgada del tiempo está en espera de tu amor

y tú siempre te quedas atrás o corres muy rápido"

"Donde estás, está el centro.

No es necesario buscarlo afuera"

La narración es lenta…

las palabras renacen

los objetos brillan

de entre sus manos se ordenan lentamente

"Toma,

lo que emerge de estas amargas experiencias y penurias,

son huanglian[1]; son kulian[2]; son rocío dulce y son néctar.

¡son todo lo oscuro que se vuelve brillante!”

① Huanglian, Coptis chinensis Franch, hierba que se usa en la medicina tradicional china.

② Kulian，Melia azedarach L., hierba que se usa en la medicina tradicional china.

Bosquejo uno

Bajo la luz dorada camina un grupo de muchachas revelando su
lengua natal de oro
alimentadas por la luz del sol,
en su interior se esconde un tigre dorado
apasionado, salvaje, difícil de ponerlo en palabras…
Sólo basta una mirada para reconocerlas entre las multitudes.

Bosquejo dos

Está dotada de una belleza incomparable
pero no lo sabe

lo justo de luz,
lo justo de tiempo,
lo justo de mundo y personas,
y sólo así puede ser tan bella
incluso sin que falte ¡un solo segundo!

Como hija
o como esposa
o como madre
gracias a que nunca ha perdido la paciencia,
repasa una y otra vez por todos los detalles.

Bosquejo tres

En el alba, ella es de oro

cabello dorado, piel dorada

dedos de oro pasando por el polvo dorado

A medio día, ella es verde

tobillos verdes, respiración verde

al andar entre las hierbas resuena con un sonido verde

Por las noches, es aún más colorida

montañas y estrellas giran al mismo tiempo

y ella es siempre mitad azul marino, mitad plateada

Bosquejo cuatro

A lo largo del sendero de arbustos,
nos vamos adentrando al otoño;
aquella tierra destellante que sin embargo pasa desapercibida

Afortunadamente esa muchacha, canturrea pateando unas piedras
Nos guía por el camino

Sus cabellos son largos como las algas del mar, ojos de estrellas
con el paso firme, decidida
No es como aquellos que dan vueltas y vueltas por senderos
enredados
o los que renuncian al camino por desesperación

Ella tiene su andar,
así como las ardillas tienen libertad de ardillas,
o como el agua fluye en su propia dirección

Desde un principio no cabía duda,

no es como yo, que después de haber recorrido tanto

acabé perdiéndome: vanidad e imitación de mí mismo.

Bosquejo cinco

Hay una intensa e indescifrable dulzura flotando en el aire
una tercera parte, la conforman ellas:

Dientes de león, cerezas y tunas silvestres
El sol hace volver sus rostros, sus cuerpos
haciéndolas crujir

Las otras dos partes
le pertenecen a mí y a una mujer desconocida
ella lleva de la mano a su hija, y yo a la mía
En un sendero nos encontramos, con una sonrisa tácita.

Autorretrato

¡Hey, hola!
Soy una pequeña flor azul anónima del alba de mayo,
Soy un fruto extraño de la noche de febrero.

Soy las piedras ardientes del río Jinsha,
soy el hierro helado en el concreto.

Soy el viento silvestre y libre del monte,
soy una valla bien delimitada.

Soy la independencia que escandaliza,
soy el sacrificio de la eternidad como un día.

Soy el ímpetu del caballo tras ser latigueado,
soy la lentitud del flujo intermitente del agua.

Soy el cantor de la tierra,
soy el navegante de los mares.

Soy la mujer entre los hombres,
el hombre entre las mujeres.

Soy el ideal perfecto,
soy la vida llena de fugas.

Soy la integración de todas las contradicciones,
soy todas las contradicciones integradas.

Soy la pronunciación única de Wagang,[1]
soy la fusión de la mezcla de distintos idiomas.

Soy el pariente de la gramática,
soy la hija de las letras.

En estos treinta años, he estado obsesionada hasta el cansancio,
porque excepto esto, no tengo otras ventajas.

---

① Labu'ezhuo es el nombre de Xichang escrito en la lengua de la etnia yi.

作者简介

鲁娟，女，彝族，1982年出生于四川大凉山，中国作家协会会员。2013年获首届“四川省十大青年诗人”称号，2015年获第六届“四川少数民族文学创作优秀作品奖”，2016年获第十一届全国少数民族文学创作“骏马奖”，2018年获第九届“四川文学奖·特别奖”。作品入选多种选本，出版有诗集《五月的蓝》《好时光》。

汉文译彝文译者简介：

阿库乌雾，汉语名罗庆春，文学博士，西南民族大学教授、博士生导师。中国作家协会会员，四川省文艺评论家协会副主席，长期从事彝、汉双语文学创作与研究，先后有多部作品集和理论著述在国内外出版，现居成都。

汉文译西班牙文译者简介：

梦多（Pablo E. Mendoza Ruiz），1983年出生于墨西哥城。2006年，墨西哥国立自治大学电影艺术学院本科毕业。2006年，墨西哥国立自治大学的国家外语、语言学和翻译学院汉语专业毕业。2007年，考入北京电影学院导演系硕士研究生。目前在墨西哥国立自治大学驻华代表处“墨西哥研究中心”工作以及当北京外国语大学西葡语学院外教老师。

黄芳

画一个人

你要画一个人
她的眉毛不是我的，眼睛不是我的
她的嘴巴，脸庞
都不是我的

但她是我

你给那个人画一双灰翅膀
她不牵不念，独来独往
但当她振羽
便覆盖全部

所以你要画下我不曾描述的阴影

你要画的那个人
是我
她行走，脚下不是路
不是人间

抬头看树的人

病榻上
他安静得像一个扁平的影子

油菜花疯开的时节
一扇铁门咣当一声，斩断过往

花红，草绿，鸟儿欢叫
穿条纹衣衫的人群在徜徉

体内的野兽消失了
他迟钝又空荡

脚步却一天天沉滞
甚至赶不上一只搬运面包屑的蚂蚁

太阳出来时
抬头看树的人，可以看一整天

有时，草地上恣意无忌的场景

似乎童年再现

谁的童年如此扁平空洞？

转过身，他撞上了冰冷的铁门

那只猫

午夜
失眠者在 8 楼天台上
看黑暗层层叠叠
一只猫在不停地叫
凄厉，荒凉
它有什么样的毛色？
乌黑？灰斑点？
虚构的钟声响起时
失眠者用铅笔在一行字下画线
“灵魂的重量是 21 克。”

远方的父亲正在疼痛
疼痛的重量多少克？

风一阵阵吹过
吹过屋顶，拍打着窗棂
咣当，咣当
失眠者用铅笔写下

"她敲响了虚构的钟声。"

便坠入黑色大海

不再扑腾

那只猫一直在不停叫

凄厉，荒凉

或许它一身洁白，恰好

21 克？

窄门

拖着童年不曾治愈的厌食症
走了一年又一年
今天，或者就要走不动了
早上要出门时
看到排队过马路的孩子们嬉闹喧腾
如蜂群，如海浪
矮灌木丛上，鸟雀叽喳扑棱
世事繁盛，令人留恋啊
但秋天还没结束，一场罕见的大雪
突然飘落，在空中融化
最冷的寒冬就要到来
退回去吧
退回那道窄门，并拴紧它

霜降

早上八点，她被推进手术室
三十六岁，已婚，未生育，子宫内膜癌
这是她病历本上简短的关键词
六个小时后
手术室沉重的大门缓缓打开
引流管，血压带，导尿管，胰岛素泵，输氧管
缠绕着她。监测仪上
线条起伏频动
当绿色数据跳成红色，它便嘀嘀惊叫
在麻醉余波里无力动弹的她
似乎比早上沉了很多，似乎
无影灯下的切除术
不只摘走她的子宫和卵巢
还灌满了未知生活的玻璃，风霜和动荡

黄昏

多少个黄昏
她坐在高高的台阶上
看暮色一层层压下，铺开
红衣裳的人上来了
绿衣裳的人下去了。巨大的灰袍
被风鼓起
像多余的骨头，沉重又雀跃
终于，路灯依次亮起
树木，房屋，人群，落下长影子
这多余的折叠，交错
仿佛人间神谕

风吹过

一大早
黄色纸钱在漓江大桥一路散落
随风翻飞
又一个人，正被送往殡仪馆
他的一生漫长吗
是否有那么一瞬间
他被上帝举过头顶，无所不能?
在阴阳交界
他是否果断地反手合上尘世这扇门
没有一丝犹豫?
也许，在某个街口
我们曾擦肩而过
在某个拐角，因为突然的相撞
我们曾红过脸吵过架
——在这千丝万缕的尘世
我们也许有着至死不明的瓜葛
今天他走了
留下一路的黄纸钱

车轮碾过，脚板踩过

风吹过

将来的事

开始是极其动人的
不说身前事，只听
风和浪
拍打着海边的墓碑

有那么一瞬间
生活是一个剥开的洋葱，一束
不合时宜的花
原谅我步履急促，隐藏
失控的本能
谢谢你爱上阿普唑仑、失眠以及
尖锐的民谣

有那么一瞬间
哲学不过是场偏头痛
并不比一头驴，或者一只偏执的老黑猫
更接近本质
谢谢你释放了笼中的灵魂

任它在森林中奔跑
原谅我手执死神的花枝
步履急促

去追赶那场大雪
去隐掉全部身后事

Vangz Fangh

Veh Boux Vunz Ndeu

Mwngz yaek veh boux vunz ndeu

Gij bwnda de mbouj dwg gij gou, lwgda mbouj dwg gij gou

Aenbak de, fajnaj de

Cungj mbouj dwg gij gou

Hoeng de dwg gou

Mwngz vih boux vunz haenx veh fouq fwed mong

De mbouj gvaqniemh, gag bae gag dauq

Hoeng mwh de dop fwed

Couh hoemq bae caez liux

Ndigah mwngz yaek veh roengzdaeuj gij ngaeuzraemh
gou mboujcaengz gangj haenx

Mwngz yaek veh boux vunz haenx

Dwg gou

De byaij roen, lajdin mbouj dwg loh

Mbouj dwg gwnzbiengz

Bouxvunz Ngiengx Gyaeuj Yawj Faex

Gwnz congzbingh
De caemrwg dwk lumj duzngaeuz youh benj youh bingz
nei

Youq mwh vayouzcaiq hoengh hai seizhaenx
Faj doudiet ndeu gvangqdangq sing ndeu, gatgoenq liux
gij gaxgonq

Va hoengz, nywj heu, duzroeg angq heuh
Gyoengqvunz daenj gij buhvaq baenzdiuz haenx cingq
baedauq

Ndawndang gij singqyak haenx siu bae lo
De nwknangq youh hoengqvat

Yamqdin cix ngoenz beij ngoenz naekgywg
Cungj beij mbouj hwnj duzmoed beuj rib menbauh haenx

Daengngoenz okdaeuj seiz

Bouxvunz ngiengx gyaeuj yawj faex, ndaej yawj baenz ngoenz

Miz seiz, youq gwnz diegnywj gvaengx bae gvaengx dauq mbouj souh hanhhaed

Lumjbaenz youh dauq daengz mwh lwgnyez

Seiz lwgnyez bouxlawz baenzneix benjbingz hoengqhat?

Baez cienq ndang, de bungqdeng aen doudiet nitnae

Duzmeuz Haenx

Gyanghwnz

Boux ninz mbouj ndaek haenx youq 8 laeuz gwnzdingj

Yawj giz dieglaep baenz benq baenz benq

Miz duz meuz ndeu heuh mbouj dingz

Dungxcieg, fwzfwd

Saekbwn de dwg yienghlawz?

Ndaemndat? Baenzdiemj raizmong?

Gij singcung luenhsiengj haenx yiengjhwnj seiz

Boux ninz mbouj ndaek haenx yungh yenzbit youq laj coij saw ndeu veh sienq

"Gij soqnaek lingzhoenz dwg 21 gwz."

Boux daxboh youq gyae haenx cingq indot

Gij soqnaek indot geijlai gwz?

Rumz baez youh baez ci gvaq

Ci gvaq dingjranz, ci bungqdeng conghcueng

Gvangqdangq, gvangqdangq

Boux ninz mbouj ndaek haenx yungh yenzbit sij roengz

"De roqyiengj aencung luenhsiengj baenz haenx."

Couh doek haeuj dieglaep lumj haij

Mbouj caiq cakcoemj

Duzmeuz haenx itcig heuh mbouj dingz

Dungxcieg, fwzfwd

Roxnaeuz de daengx ndang hauseuq, cingqngamj

21 gwz?

Dougaeb

Mwhmwh lumj seiz lwgnyez mbouj haengj gwn doxgaiq nei
Byaij gvaqdaeuj bi youh bi lo
Ngoenzneix, roxnaeuz couh yaek byaij mbouj ndaej lo
Gyanghaet yaek okdou seiz
Yawjraen gyoengq lwgnyez baizdoih gvaq maxloh saetdiuq angqhemq
Lumj gyoengq rwi, lumj langhhaij
Youq gwnz caz faex daemq haenx, gyoengq roeg ciqcek bekfwed
Gwnzbiengz saeh hoengh, sawj vunz louzlienh ha
Hoeng seizcou lijcaengz sat, ciengz nae hung noixraen ndeu
Sawqmwh biudoek roengzdaeuj, youq gyangmbwn yungzvaq
Seizdoeng ceiq nit couh yaek daeuj daengz
Doiq dauqbae ba
Doiq dauqbae aen dougaeb haenx, caemhcaiq haep dou ndeindei bae

Mwi Doek

Gyanghaet bet diemj, de deng doi haeuj soujsuzsiz
Samcib roek bi, gaenq baenzranz, caengz mizlwg, ndaw swjgungh i baenz bingh'aiz
Neix dwg gij gvanhgenswz dinjdet sij youq gwnz binghlig de
Gvaq roek diemj cung le
Soujsuzsiz aen douhung naekgywg haenx menhmenh hai lo
Yinjliuzgvanj, hezyazdai, daujniugvanj, yizdaujsubung, suhyangjgvanj
Heux youq gwnzndang de, youq gwnz genhcwzyiz
Sienqdiuz hwnjroengz doengh lai baez
Youq mwh soqgawq saekloeg diuqbaenz saekhoengz, de cix digdig doeksaet heuh
De youq mwh ywmaz mboujcaengz cienzbouh siubae seizhaenx mbouj miz rengz doenghdanh
Lumjbaenz beij gyanghaet lij naekcaem haujlai, lumjbaenz
Youq lajdaeng mbouj miz ngaeuz gij gvejgat haenx
Mbouj caenhdwg mbaet bae gij swjgungh caeuq rongzva de
Lij guenqrim liux moqnaj ndwenngoenz gij bohliz, mwirumz caeuq doenghluenh

Mbwnfuemx

Geijlai ngoenz mwh mbwnfuemx
De naengh youq gwnz mbaeklae sangsang haenx
Yawj saekfuemx caengz dem caengz aproengz, buhai
Boux daenj buhhoengz hwnjdaeuj lo
Boux daenj buhloeg roengzbae lo. Geu buhbauzmong hungloet haenx
Deng rumz bongjhwnj
Lumj gij ndok doyawz, naekcaem youh mbaeumbengq
Doeklaeng, daengloh aen riengz aen rongh hwnjdaeuj
Gofaex, aenranz, gyoengqvunz, ingj roengz gij ngaeuz raezrang
Gij doeb doyawz neix, camca
Couh lumj gwnzbiengz guhgimq

Rumz Ci Gvaq

Haetromh

Gij ceijcienz saekhenj youq gwnz Giuzhung Lizgyangh
doek sanqbyoenq

Swnh rumz mbinfet

Youh miz boux vunz ndeu, cingq deng soengq bae binhyizgvanj

Ciuh vunz neix de raez lwi

Dwg mbouj dwg miz saek seiz yienghhaenx

De deng sangdi gingz gvaq gwnzgyaeuj, yienghyiengh rox
guh?

Youq giz yaemyiengz gapgyaiq

De dwg mbouj dwg doekdingh dwk fanjfwngz haep aendou
gwnzbiengz

Mbouj miz saek di ngeizngwd?

Roxnaeuz, youq gwnz gai giz lohnga lawz

Raeuz gaenq bungqmbaq byaij gvaq

Youq aen gungx lawz, aenvih sawqmwh doxbungq

Raeuz gaenq najnding doxndaq gvaq

—Youq aenbiengz saeh lai saeh cab neix

Raeuz roxnaeuz miz gij doxngaek dai hix gangj mbouj cingcuj haenx
Ngoenzneix de bae lo
Gwnzroen louz miz haujlai ceijcienz saekhenj
Loekci nienj gvaq, dinvunz caij gvaq
Rumz ci gvaq

Gij Saeh Daengzcog

Hainduj dwg gig sawj vunz angqyangz
Mbouj gangj gij saeh gaxgonq de, mwngz dingq
Rumz caeuq langh
Bekdaj gep beimoh henzhaij haenx

Miz saek seiz yienghneix
Swnghhoz dwg aen yangzcoeng mbekhai, dwg nyup
Va hai mbouj hab seiz haenx
Yienzliengh gou yamqdin gaenjgip, yo'ndoj
Gij bonjsingq ap mbouj roengz haenx
Docih mwngz simgyaez Ahbujcolunz、ninz mbouj ndaek caemhcaiq
Gij fwen soemset haenx

Miz saek seiz yienghneix
Cezyoz mbouj gvaq dwg ciengz gyaeujin fiengx
Hix mbouj beij duzlawz, roxnaeuz duzmeuz geq ndaem youh mbouj dingq vah haenx

Engq ciepgaenh bonjsingq

Docih mwngz cuengqhai gij lingzhoenz ndaw rungz

Youzcaih de youq ndaw ndoengfaex buetyukyuk

Yienzliengh gou fwngz dawz gij nyeva duzfangzdai

Yamqdin gaenjgip

Bae gyaep ciengz nae hung haenx

Bae yohaep sojmiz gij saeh de dai gvaq haenx

POEMAS DE HUANG FANG

Dibujar un retrato

Si vas a dibujar a una persona
Sus cejas no son las mías
Sus ojos no son los míos
Su boca, su rostro, nada es mío.

Pero ella soy yo

Si a esa persona le dibujas
un par de alas cenicientas
andará por sí misma, ajena, a la deriva
pero sus trémulas alas
cubrirán entonces la totalidad.

Así que vas a dibujar la sombra
que nunca te describí en detalle

esa persona que vas a dibujar
soy yo

Sus pies marchan por un espacio

que no es camino

que no pertenece a este mundo.

El que levanta la cabeza para mirar los árboles

En su lecho de enfermo
reposa tranquilo como una sombra aplastada.

En la época en que las flores de colza enloquecen
se azota una puerta metálica cortando el pasado.

Las flores enrojecen, el pasto recobra su verdor,
Los pájaros trinan,
la multitud deambula con camisas a rayas.

La bestia al interior del cuerpo desaparece
Su andar es lento y vacío.

Sus pasos se hunden día tras día
sin ni siquiera ser capaces de alcanzar a la hormiga
que carga una migaja de pan.

Cuando sale el sol

el que levanta la cabeza para mirar los árboles
puede verlos durante todo el día.

Hay veces que el intrépido paisaje de la hierba
recrea sus años de infancia.

¿Quién tuvo una infancia tan plana y vacía?
Al dar la media vuelta se estrella con la puerta metálica y fría.

Aquel gato

A media noche

En la azotea del octavo piso

el insomne escucha entre las apiladas capas

de la obscuridad

a un gato que no cesa de maullar.

Tristes, alarmantes, estridentes maullidos

¿De qué color será su pelaje?

¿Negro intenso? ¿Gris moteado?

Cuando la campana imaginaria repiquetea

el insomne subraya con lápiz una línea,

"El espíritu pesa 21 gramos".

Ahora el padre yace sufriendo en la lejanía

¿Cuántos gramos pesará su enfermedad?

Una ráfaga de viento atraviesa

llega hasta el techo, golpea la celosía

¡Traca! ¡Traca!

El insomne escribe con su lápiz,
“Ella hizo sonar la campana imaginaria”

Luego cae en la inmensa obscuridad
esta vez no se escuchó más el golpeteo.
Aquel gato no cesa de maullar
Tristes, alarmantes y estridentes maullidos
¿Será posible que su inmaculado cuerpo pese justo 21 gramos?

La estrecha puerta

He arrastrado con la anorexia que nunca
se ha curado desde los años de mi infancia.
He andado un año, luego otro
es probable que hoy ya no me mueva más.
Las veces que deseo salir de casa por las mañanas
veo a los niños retozando
mientras cruzan la calle en fila
como enjambre de abejas
como olas del mar.
Sobre los matorrales, los gorriones gorjean
Y baten sus alas.
Las cosas en este mundo son tan prósperas
que el hombre se resiste a abandonarlas.
Pero antes de que termine el otoño
una nieve inusual gravita de repente
y se funde en el firmamento.
El invierno más frío está por llegar
¡Anda! Regresa
Regresa a la estrecha puerta y afiánzala con todas tus fuerzas.

Tiempo de escarcha

A las ocho de la mañana, la condujeron al quirófano.

Treinta y seis años, casada, sin hijos,

cáncer de endometrio.

Estos fueron los puntos esenciales

de su expediente médico.

Seis horas después

la maciza puerta del quirófano se abrió lentamente.

Sonda de drenaje, banda de presión arterial, catéter de orina,

bomba de insulina, tubo de oxígeno, todo esto la arrollaba.

Las señales de frecuencia en el monitor se aceleraron.

En ese momento, el indicador verde saltó al rojo

haciendo sonar la alarma.

¡Bip! ¡Bip!

El efecto de la anestesia la paralizó

Parecía estar más pesada que en la mañana

Parecía que la extirpación bajo la lámpara sin sombra

no solo le quitó el útero y los ovarios

también la invadió de un cristal de una vida desconocida,

de escarcha, viento y turbulencia.

Crepúsculo

Cuántos crepúsculos

Ella se sentó en los escalones más altos

para ver condensar y dispersarse los pliegues del ocaso.

La gente vestida de rojo sube

La gente vestida de verde desciende

El viento bateó la enorme túnica gris

Parecía un excedente de huesos, pesados y saltarines.

Por fin, las luces en la calle se iluminaron en sucesión.

Los árboles, las casas, la multitud, largas sombras menguantes.

Los excedentes de pliegues se entrelazaron

como un oráculo en el espacio de los mortales.

El viento se lo llevó

Temprano por la mañana
El dinero de papel amarillo[1] se esparce
por el gran puente del río Li.
El viento se lo lleva
Una persona es conducida en ese momento a la funeraria.
¿Habría sido su vida larga y sinuosa?
¿Viviría ese instante en el que el dios del Cielo lo hizo omnipotente?
¿Cabría un resquicio de duda cuando azotó de un portazo la puerta
del umbral entre la vida y la muerte?
Tal vez nuestros hombros se rozaron
en cierta esquina.
En cierto cruce quizá discutimos
al chocar de repente.
Entre los millones de filamentos
de la vida mundana
tal vez tú y yo tenemos una conexión

---

① Dinero ficticio para ofrendar a los muertos.

que no entenderemos hasta la muerte.

Hoy, él se ha ido

Las ruedas de los autos pasan

sobre el dinero de papel amarillo

que queda en la calle.

Las plantas de los pies lo pisan

El viento se lo lleva.

Cosas del futuro

El principio fue sumamente conmovedor
No hablaba de las cosas antes de la muerte,
solo escuchaba al viento y a las olas
batir las lápidas a la orilla del mar.
Hay un momento
en que la vida es una cebolla pelada
un racimo de flores a destiempo.
Disculpa por caminar de prisa
por esconder mi instinto sin control.
Gracias por tu amor al diazepam,
al insomnio y a las baladas puntillosas.

Hay un momento
en que la filosofía no es más
que un dolor de cabeza
no está más cerca a la esencia
que un asno o a un viejo gato negro paranoico.
Gracias a ti por soltar el alma enjaulada

y permitirle pegar la carrera en el bosque.
Disculpa por afianzarme
a la rama en flor de la muerte.

Caminaré de prisa
para perseguir la gran nevada
para ocultar lo que pasará después de mi muerte.

作者简介：

黄芳，女，壮族，生于广西贵港，现居桂林。中国作协会员。出版诗集《风一直在吹》《仿佛疼痛》《听她说》等。

汉文译壮文译者简介：

覃祥周，壮族，1963年生，广西东兰县人，广西《三月三》杂志社原社长、总编辑，译审。中央民族大学壮侗学研究所研究员，广西民间文艺家协会副主席、山歌专业委员会主任，广西民族大学文学院特聘教授，广西山歌学会原会长。曾被广西壮族自治区党委宣传部、自治区文化厅、自治区文联等部门授予“歌王大赛优秀歌师”称号，广西山歌学会授予“广西民间歌王”称号。

汉文译西班牙文译者简介：

Mónica Alejandra Ching Hernández（陈雅轩），北京大学外国语学院西葡语系2020—2021年外国专家。